假面的告白

［日］三岛由纪夫——著
孙容成 戴焕——译

北京出版集团公司
北京十月文艺出版社

新经典文化股份有限公司
www.readinglife.com
出　品

假面的告白

美是一种可怕的东西！可怕是因为无从捉摸。而且也不可能捉摸，因为上帝设下的本来就是一些谜。在这里，两岸可以合拢，一切矛盾可以同时并存。兄弟，我没有什么学问，但是我对于这些事情想得很多。神秘的东西真是太多了！有许许多多的谜压在世人的头上。你尽量去试解这些谜吧，看你能不能出污泥而不染。美啊！我最不忍看一个有时甚至心地高尚、绝顶聪明的人，从玛利亚的理想开始，而以所多玛城的理想告终。更有些人心灵里具有所多玛城的理想，而又不否认玛利亚的理想，而且他的心还为了这理想而燃烧，像还在天真无邪的年代里那么真正地燃炽，这样的人就更加可怕。不，人是宽广莫测的，甚至太宽广了，我宁愿它狭窄一些。鬼知道，究竟是怎么回事，真是的！理智上认为是丑恶的，感情上却简直会当作是美。美是在所多玛城里吗？

……可是话又说回来，谁身上有什么病，谁就忍不住偏要说它。

——陀思妥耶夫斯基《热心的忏悔》

（见《卡拉马佐夫兄弟》，第三篇第四节，耿济之译，人民文学出版社出版，2004 年 3 月）

第一章

小时候，有很长一段时间，我坚持说记得自己出生时的情景。大人们听了，每次先是笑，最终则认为我是在捉弄他们，用略带厌恶的眼光端详我苍白而早熟的脸。若是碰巧我在生客面前提起这个话题，祖母就会厉声制止我，让我到外面去玩，因为祖母担心别人把我当作白痴。

过程是这样的：大人笑过之后，一般都会用科学常识来说服我。比如，刚出生的婴儿眼睛还没有睁开；即使眼睛睁开了，也不可能留下任何记忆，等等。为了让一个小孩子能够听得懂，他们讲得很是细致，热情得近乎演戏。讲完后还摇晃着我的肩膀说："怎么样，这下懂了吧？"我却仍是满脸狐疑。于是大人就以为我在给他们下圈套。"真不能小看这孩子，他是在套人讲'那个'哪！可他为什么不像别的孩子，直接天真地问自己是从哪儿生出来的，为什么会出生呢？"这时候，大人就会沉默下来看着我，嘴角僵硬的笑容仿佛在说我让他们很伤心。

其实真是他们想多了，我根本就不是想问"那个"。我本来就很害怕让大人伤心，怎么可能想到给他们下圈套呢！

然而，不管大人怎么跟我讲，怎么笑话我，我就是确信见过自己出生时的情景。也许我只是把当时在场的人讲给我的，或是自己的幻想，误以为亲眼所见了吧。然而，有一个鲜明的记忆，除非亲眼所见，否则无法解释，那就是浴盆的边缘。我一出生就被放入浴盆洗澡，木制的新浴盆透着清香，从里面望出去，一丝微弱的光线照在盆的边缘上，泛着金灿灿的光芒。水波荡漾，水舌无限接近却终究无法吮吸到那边缘处。那边缘下方的水，不知是因上方的光线反射下来，还是外面的光照射进来的缘故，细小的波纹互相碰撞着，一闪一闪地交织辉映。

对于我的这段记忆，大人们最有力的反驳就是不可能有阳光，因为我根本就不是白天出生的，而是出生在晚上九点。接着，他们还会嘲笑我说："也许是灯光呢！"而我则坚持认为即便是在夜里，阳光也是可以照射到浴盆上的，尽管这听起来很不合理。浴盆边缘摇曳的光线，成为我对自己出生的记忆，久久挥之不去。

我出生于关东大地震[①]后的第三年。

在我出生的十年前，祖父出任殖民地长官时发生了贪污案，他扛下了部下的罪过，引咎辞职。不是我故意玩弄辞藻，在我这半生里，还从未见过任何一个人像祖父那样，对他人的盲信堪称“完美”。此后，我们的家境几乎是哼着小曲般轻松愉快地一路往下滑去。巨额负债，房屋冻结、拍卖，而被经济上的窘迫刺激起来的病态的虚荣，像股看不见的冲动，愈演愈烈。因此，我出生在一幢租来的旧宅里。这宅子位于一个不大高尚的街区的一角，从坡上看是两层，从坡下看则是三层，虚张声势的铁门和前庭、宽敞的客厅房间，看起来很像偏僻乡村的教堂，错杂、灰暗中透着威严。宅内有很多阴暗的房间，雇了六名女佣，加上祖父母和父母，总共十人在这旧衣柜般咯吱作响的房子中生活。

祖父对事业成功的执念、祖母的疾病和奢侈是家中烦恼的

①发生于 1923 年。

根源。一些用心不明的帮闲经常拿来各种图纸给祖父看，祖父受其蛊惑，经常为了黄金梦到处远行。祖母出身世家，对祖父的行为既憎恨又轻蔑。她的性格狷介不屈，有一颗狂热的、充满诗情的心。长期的脑神经痛间接地、一步一步地侵蚀着她的神经，让她头脑清晰却毫无益处。狂躁的发作一直持续到祖母去世，但是又有谁知道，这其实是祖父壮年时犯下的罪孽的产物呢?

父亲在这个家里迎来了纤弱而美丽的新娘——我的母亲。

大正[①] 十四年一月十四日早上，母亲开始阵痛，晚上九点产下了一个五斤重的小婴儿。一星期后，全家人按照习俗为我举办起名仪式“御七夜”，他们给我穿上了礼服——法兰绒贴身衬衫，淡黄色纺绸内衣，特等丝绸的碎白点花纹和服。祖父先将我的名字写在平整的白色和纸上，然后把和纸放在祭神用的供桌上，最终将它摆在了壁龛里。

我发色一直都很黄，家人整天给我抹橄榄油才慢慢地变黑。父母住在二层，祖母找了一个借口，说在二层照顾孩子太危险了，于是我出生后第四十九天，祖母便从母亲手中夺走了我。祖母的房间总是门窗紧闭，充满着疾病与衰老的气息，祖母的

① 1912 年是大正元年。

病床旁并排放着我的床。我就在这里长大了。

在出生一年左右时，我从第三级台阶滚落下来，伤了额头。当时祖母去看戏，父亲的表兄妹们还有母亲都趁机松了口气尽情撒欢儿。母亲忽然要上二层取东西，我去追她，结果被和服长长的下摆绊倒，掉下了台阶。

立刻有人去歌舞伎剧场叫回了祖母。祖母站在玄关，身体靠在右手拄着的拐杖上，目不转睛地盯着迎出来的父亲。她异常冷静，一字一顿地问道："已经死了吗？"

"没有。"

祖母像巫女一样迈着有仪式感的步伐，走进家中……

五岁那年元旦的早晨，我吐出了像红色咖啡一样的液体。主治医生看后表示没救了，但还是一针接一针地注射樟脑液和葡萄糖，几乎把我打成了筛子。手腕和臂膀已经没了脉搏，时间过去了两个小时。人们眼前的我已然是一具尸体。

寿衣和生前最爱的玩具都已准备停当，亲戚也聚集在一起。一小时后，我排尿了。母亲的兄长是位博士，他说"有救了"，因为排尿说明心脏开始工作了。过了一会儿，我再一次排尿。慢慢地，我的脸颊上恢复了微弱的生命迹象。

这一名为"自体中毒症"的周期性呕吐，后来成了我的顽疾。或轻或重，每月总会发作一次，还不止一次带来生命危险。慢慢地，当疾病来临，我便可以从它的脚步声中辨出距离死亡的远近。

我最初的记忆就始于这前后，它的画面确凿又不可思议，一直烦扰着我。

我记不太清是谁拉着我的手，也许是母亲，也许是护士，也许是女佣，也许是姑姑。季节也记不清了，只记得午后的阳光昏沉沉地照着斜坡四周的人家。女人牵着我的手，上坡回家。对面有人下坡，女人紧紧拉着我的手，让开路，站在一边。

此后的半生中，这一情景被我无数次复习和强化，每一次想起，我都会为它附加一些新的含义。这一画面被不断聚焦，周围的情景都模糊不清，只有从坡上下来的人的身影是如此的清晰，有种不合常理的精密。也难怪，尽管这画面一直让我烦恼，让我感到威胁，但它也是我人生最初的、值得纪念的记忆。

下坡的是一个年轻人。他肩挑着粪桶，脏兮兮的手巾缠在头上，面色红润，丰颊星目，双脚分散着肩上的重量，一晃一晃地走下坡来。他是一个清厕夫，也就是掏大粪的人，穿着胶底布袜和藏蓝色紧腿裤。五岁的我以异样的眼光注视着他，感受到不可思议的来自暗处的召唤。当时的我还不能确定它到底意味着什么，只知道有一种最原始的力量对我发出了不可思议的呼唤。这一启蒙最初显现在一个掏粪人身上，也颇有寓意。因为粪便是大地的象征，这呼唤想必是大地之母带有恶意的爱。

我预感到这世上有一种火烧火燎般的欲望。我抬头望着年轻人脏兮兮的身姿，内心被一种强烈的欲望揪紧——我想要变成他、我希望我是他。我清楚地记得这欲望有两个重点，一是他穿的藏蓝色紧腿裤，二是他的职业。那藏蓝色紧腿裤清晰地勾勒出了他下半身男人的形状，仿佛柔软而富有弹力地向我走来。我对紧腿裤有了一种不可言喻的向往。原因何在，当时我并不知晓。

至于他的职业，这时候我刚开始懂事，就像其他孩子向往长大当陆军大将的心态一样，我的脑海里浮现出“想当清厕夫”的憧憬。憧憬的原因可以说在那藏蓝色紧腿裤之中，但决非仅限于此。这一主题在我内心不断被强化、放大，发生着奇特的变化。

那就是我对于他的职业感到了一种彻骨切肤的悲哀，并为之憧憬。他的职业让我感觉到了“悲剧性”。我感到了“挺身而出”的悲壮，自暴自弃的无奈，对某种危险的亲近感，虚无与活力的惊人混合。这些感觉将五岁的我包围并彻底俘虏。这想必是源于误会，一定是我以他的衣服为由，将从别处听来的其他职业强加在了他的职业上，否则这一切无法解释。

之所以这样说，是因为我随后在很多其他职业上也感受到了同样的情绪。彩电车司机、地铁售票员，都让我强烈地感受到一种“悲剧性的生活”，那是自己永远无法触及的。尤其是地铁售票员，那个时代的地铁站内总是飘浮着说不清是橡胶还是薄荷的味道，这味道与地铁售票员蓝色制服胸前的金纽扣一起，很容易地就让我联想到“悲剧性”。不知为什么，生活在这种气味中的人们总是让我感受到“悲剧性”。

我的本能在追求某个地方，却又无法进入，而那里有与我无关的生活、事件和人们，这就是我对“悲剧性”的定义。我将那被拒于门外的悲哀转化并寄托在他们以及他们的生活上，似乎这样我就勉强可以通过我感受到的悲哀，参与到他们中去。

这样看来，我感受到的“悲剧性”，也许只是悲哀的投影，这悲哀来自我不会被接纳的强烈预感。

下面是我另一段早期记忆。

我六岁时就会读写了。不过，在这段记忆中，我还看不懂绘本，所以应该也是五岁时候的记忆吧。

当时我拥有很多绘本，而我只偏爱其中一本里的一张画，画是横跨左右两页的。只要凝望着这张画，我就会忘记漫长且无聊的午后，而一有人来，我就会无端地感到心虚，赶忙翻到其他页去。护士和女佣的看护让我烦躁无比，我只想一天到晚地凝望那张画。只要翻到那一页，我的胸口就会悸动，再看其他页时则心不在焉。

画上是骑着白马、高举宝剑的贞德。白马鼻孔怒张，健壮的前肢踢起一片尘土。贞德身着银甲，上面有着美丽的徽章。头盔中露出他俊朗的容颜，宝剑挥向空中，英姿飒爽地向前冲去。前方也许是死亡，也许是某种可怕的力量。我相信他会在下一个瞬间被杀死。如果往下翻，也许会看到他被杀的场景。绘本的图画，也许会在不知不觉中进入下一个瞬间……

然而有一天，护士边随意地翻看着这幅画，边对一旁偷看的我说道："少爷，您知道这幅画的故事吗？"

"不知道。"

“看上去像个男人，对吧？实际上是个女人哦。这是一个女扮男装奔赴战场、报效国家的故事。”

“是女人？”

我感觉自己一下子被打垮了。我坚信的“他”原来是“她”。这个俊美的骑士怎么可以不是男人而是女人呢？（即使现在，我也说不清为什么，依然深深地厌恶女扮男装。）这让我对“他”的死亡抱有的一往情深的幻想全都破灭了。这是多么残酷。这就像是我人生初次经历的“来自现实的报复”。多年以后，我在奥斯卡·王尔德的诗歌中，读到了对俊美骑士之死的赞美。

> 倒在了芦蔺之间的被杀死的骑士
> 是多么的美丽……

此后我就扔掉了那本绘本，再也没有碰过了。

于斯曼[①] 在小说《那边》中写道：吉尔斯·德·莱斯的神秘主义冲动，在性质上“随时可能转变为极度精致的残虐与罪恶”，这源于他曾受查理七世之命保护贞德、目睹了贞德种种不可思

---

①法国小说家。

议之事迹[1]。相类似的，这个奥尔良少女对我的精神层面也产生了影响，不过在我，影响恰好相反，不是让我迷恋上了一件事情，而是讨厌上了一件事情。

还有一段记忆。

关于汗水的气味。汗味儿让我躁动，让我憧憬，让我臣服。

侧耳细听，远处传来轻微而浑浊的沙沙声，带着一丝恐吓。偶尔夹杂着喇叭声，单纯而哀婉的歌声越来越近。我拉起女佣的手，催促她把我抱到门口。

是练兵回来的军队从我家门前经过。我一直期待从喜欢小孩子的士兵手里得到几颗空弹壳，但祖母觉得这很危险，禁止我要空弹壳。这反倒给我的期待增加了另一种秘密的快乐。沉重的军靴声、脏脏的军服、肩上扛的枪械之林，足以让任何一个小孩子着迷。但是，让我期待从他们那儿拿到空弹壳则只有一个不为人知的原因，那就是他们的汗味儿。

士兵们身上的汗味儿，像海风，像被炒成金色的海边的空气，刺激着我的鼻孔，使我陶醉。这应该是我对于气味的最初记

---

① 《那边》中，主人公德·莱斯元帅绑架虐杀了许多男童，被描写为不折不扣的吸血鬼。

忆。当然，那时这气味不会直接带来性的快感，但却强烈地刺激着我，让我渐渐觉醒。士兵们的命运、他们的职业的悲剧性、他们的死、他们关注的遥远的国度，都是我官能欲求的对象。

我人生中最早遇见的就是这样一些异样的幻影，它们从一开始就着实巧妙地构成一个整体出现在我的面前，并且让我可以从中为此后人生中的所有意识与行动寻找到根源。

我幼年时对人生的看法，基本都是在奥古斯丁式的预定论[①]框架之内。尽管关于预定论，曾经有无数次无意义的迷茫折磨过我，现在也依然如此，但若将这种迷茫看作引人陷入罪恶的诱惑，那么我的决定论[②]从未有过动摇。我一生中不安的总数如同菜单一般，在我还不能完全读懂它的时候就已经确定了。菜单已经确定，我只需要备好餐巾，走向餐桌即可。甚至我现在正在写这本奇怪的书，也是早已在菜单中定下来的，我最初也应该在菜单中见到过它。

我的幼年时代就是一个纷乱的舞台，各种时间空间错杂交

①基督教的主要神学学说，主张人得救与否由上帝预定。

②西方伦理思想史上的一种理论，主张外部客观条件决定道德。

织在一起。火山爆发、叛军起义、从大人那里听来的国外新闻，眼前祖母发病、家里各种细琐的争吵，最近让我着迷的童话中的虚构故事，原本是三个不同的世界，可在我眼里都是同一回事，有着相同的价值。在我看来，这世界不可能比搭积木更复杂，将来我不得不进入的社会，也不可能比童话里面的世界更光怪陆离。无意识中，我已经相信冥冥中存在着一种限定。而我所有的幻想从一开始就是向这限定发出的挑战，因此透出一种不可思议的、完全的绝望，同时，这绝望本身又像是一种强烈的愿望。

夜晚，黑暗笼罩着四周，而床上的我则在这黑暗的延长线上看见了漂浮的灿烂都市。那里异常寂静，充满着光辉与秘密。去过那里的人们，脸上都会按上神秘的印记。深夜回家的大人们，言谈举止中总会留有蛛丝马迹，像是一种共济会的暗号。他们的脸上还露出一种闪烁的、不容直视的疲劳，让我觉得如果用指尖触摸他们的脸颊，就会感受到夜都市画在他们脸上的颜料，就像用手触摸圣诞节的假面，指尖会沾上银粉一样。

之后不久，我亲眼看见了“夜”就在我眼前拉开帷幕。那是在松旭斋天胜[①]的舞台上。（当时，她难得地来到新宿的剧场演

①日本著名女魔术师。

出。几年后，在同一个剧场，我看了魔术师但丁的表演，但丁的舞台场景比天胜宏伟很多倍，然而，不论是但丁的魔术表演，还是万国博览会上哈根贝克马戏团的表演，都没能够像天胜那样让我惊叹。)

她装扮得像《启示录》中的大淫妇一样，扭动着丰满的肢体，悠闲地信步于舞台之上。魔术师特有的亡命贵族般的故作优雅，透着沉郁的可爱，女中豪杰的举止，一身假货散发着廉价品特有的刺眼光芒，女浪曲[①]师般的浓妆，一直擦到脚尖的白粉，缀满人工宝石的艳丽手镯，这一切竟不可思议地和谐，透着抑郁。

“我想成为天胜！”小时候，我也常想成为彩电车司机，而这一次，我朦胧地意识到这两种愿望有所不同。最显著的不同就在于，这一次，我没有感觉到对“悲剧性”的渴望，不用再受憧憬与罪恶感交织出的煎熬。终于有一天，我强压着心头的慌乱溜进母亲的房间，打开了她的衣橱。

从母亲的和服中，我拉出了最浓重艳丽的那件，像土耳其官吏那样，将画有深红色油彩蔷薇的和服带子层层缠在腰间，并把绸巾包在头上。我站在镜子前，打量着我的即兴之作——头巾，它看上去就像《宝岛》剧中出现的海盗头巾一样。我感

①日本的一种大众曲艺，通常由一人说唱，用三味线伴奏。

到一阵狂喜，脸颊发烫。接下来，我还有很多工作要做。我要让我的一举一动，从指尖到脚尖都充满神秘。我将小镜子夹在和服带子中间，在脸上薄薄地施了一层白粉。还有圆柱形的银色手电筒，镶金的老式钢笔，只要是耀眼夺目的东西，我都带在了身上。

我煞有介事地冲进了祖母的房间。我无法控制令人发狂的滑稽感和兴奋，一边喊着“天胜，我是天胜！”，一边在屋里来回跑着。

房间里有卧病在床的祖母、母亲，还有客人和女佣，我谁也看不见了，只能看见我自己，一心想着大家都在看我，看我扮演的天胜。然而，有那么一瞬间，我看见了母亲。母亲脸色发青，失神地坐在那里。与我目光相对时，她低头移开了视线。

我明白了。泪水一点一点地流了出来。

这时，我明白了什么呢？或者说，我被迫明白了什么呢？“先于罪恶的悔恨”这一我此后人生的主题，也许就在这时露出了端倪。爱的目光下，孤独是如此的难堪，也许这就是我从中学到的教训。同时，我也从另一面学会了用自己的方式拒绝爱。

女佣按住了我，带我到另一个房间，把我那荒唐的装束扒了下来，就像给鸡薅毛一样。

自从我开始看电影以后，我的扮演欲望越来越强，一直持续到十岁左右。

有一次，我和家里寄宿的学仆一起去看音乐电影《魔鬼兄弟》，主角魔鬼所穿宫廷服的袖口翻出的长长蕾丝，让我久久不能忘记。我说我也好想穿那样的衣服，戴那样的假发，学仆轻蔑地笑了。可我知道，他自己也经常在女佣房间模仿八重垣姬，逗女佣们笑呢。

天胜之后让我着迷的，是埃及艳后克利奥帕特拉。一年岁末，一个下雪的日子，熟识的医生经不住我的央求，带我去看了克利奥帕特拉故事的电影。因为是年末，观众稀少，医生把脚架在椅子扶手上睡着了。只剩我一个人如醉如痴地看那埃及女王坐在一台古怪的辇车上，由众多奴隶抬入罗马。女王神色忧郁，眼睑上涂满了眼影，衣衫旖旎透着神秘，波斯绒毯下露出琥珀色的半裸身姿。

此后，我热衷于背着祖母和父母在弟弟妹妹面前扮成克利奥帕特拉，并已体验到罪感的欢愉。我如此男扮女装，到底在期待什么呢？后来，我发现古罗马衰落期的帝王希利伽巴拉也怀有和我相同的期待。希利伽巴拉是罗马古神的破坏者，是颓废的兽性帝王。

至此，我已经讲完了决定我其后人生之路的两个前提，需要再复习一下：第一个是清厕夫、奥尔良少女和士兵的汗味儿；第二个是松旭斋天胜和埃及艳后克利奥帕特拉。

还有一个我必须讲述的前提。

我涉猎了一个孩子可以接触到的所有童话，但只爱里面的王子，从来都不爱其中的公主。尤其倾心那些被杀掉的、命中注定会死掉的王子。我爱着所有被杀掉的年轻人。

为什么在繁多的安徒生童话中，唯独《玫瑰花精》中的年轻人在我的心灵投下了深深的印记？书中俊美的年轻人吻着恋人临别送给他的纪念——玫瑰花时，被坏蛋刺死，并被砍下了头颅。为什么在无数的王尔德童话中，单单《渔夫和他的灵魂》里，那紧抱着美人鱼被冲上岸边的年轻渔夫的尸体让我着迷？当时我自己也搞不清楚。

当然，其他那些给儿童看的读物我也十分喜欢。安徒生的故事里我喜欢《夜莺》，还有许多儿童漫画我也喜欢。但是，这都无法阻挡我对死亡、黑夜和热血的向往。

“被杀王子”的幻影执拗地纠缠着我。他们穿着紧身衣裤，着装暴露，又都死得惨烈无比，把这两者连在一起幻想，我会感到开心无比。又有谁能告诉我，这究竟是为什么？尤其是一本匈牙利的童话故事，里面那极其写实的原色版插图，长久地虏获着我的心。

插图里的王子一身黑色紧身衣裤，蔷薇色的上衣胸前饰有金丝刺绣，深蓝色的斗篷翻出红色衬里，腰间缠着一条绿金色的腰带。绿金盔、红大刀和绿皮箭筒是他的装备。他戴着白皮手套的左手拿着弓，右手搭在森林中的老树树梢上，俯视着随时可能扑来的恶龙的血盆大口，表情沉痛却又透着英气，带着誓死的决心。如果这位王子最终作为胜利者成功降龙，他对我的蛊惑力将大大减弱，所幸的是，王子走向了死亡的命运。

遗憾的是，这种死亡的命运并非十全十美，王子为了拯救妹妹以及娶到美貌的精灵女王，经历了七次死亡的考验，靠着含在口中的钻石的魔力，每次都起死回生，得以享受成功的幸福。前面提到的插图里画的是他的第一次死亡——被恶龙咬死——之前的情景。其后，他又经历了数次死亡，包括被巨大的蜘蛛捕获后蜘蛛的毒汁流遍全身，最后被蜘蛛吃个一干二净，还有被溺死、被烧死、被蜂蜇死、被蛇咬死、被扔进洞穴万刃穿身而死、被雨点般的巨石砸死。

被龙咬死的情节描写得尤为详细，书中是这样写的：

> 龙立刻咯吱咯吱地把王子咬成碎块。这一过程疼痛难忍，但王子挺住了，一声不哼，直到完全被咬碎。而就在这一瞬间，王子恢复了原状，敏捷地从龙口中跳了出来，身上连一处擦伤都没有。龙当场倒下，死掉了。

这段情节我读了上百遍，其中有一处让我无法忽视的缺陷，就是“身上连一处擦伤都没有”这一行。每读到这里，我总觉得自己遭到了作者的背叛，认为作者犯了一个严重的错误。

后来一个偶然的机会，我想了一个办法，读到这里，就用手盖住这几句话跳着读。这样这本书就完美了。

> 龙立刻咯吱咯吱地把王子咬成碎块。这一过程疼痛难忍，但王子挺住了，一声不哼，直到完全被咬碎，当场倒下，死掉了。

经过这样的删减，大人们可能会觉得情节变得不合理了。

然而我这个年幼、傲慢且容易沉溺于个人偏好的审查官，明知“完全被咬碎”与“当场倒下”这两句有明显的矛盾，却哪一句也舍不得删掉。

另外，我也乐于幻想自己战死或被杀死的情景，而又偏偏比别人对死亡抱有更强烈的恐惧。我欺负女佣，把她气哭，而第二天早晨她又若无其事地伺候我吃早餐，从她那灿烂的笑容里，我读出了各种含义，怎么看都觉得那是胜券在握的恶魔般的微笑。她肯定是打算毒死我复仇吧。我心中充满恐惧。她肯定在酱汤里下了毒。早晨当我有这种想法的时候，我绝不会去碰酱汤一下。有好几次，我吃完早餐离席之前，会盯着女佣的脸，摆出一副“看见了吧，我才不上当呢”的神情。女佣站在桌对面，完全不介意我看穿了她的谋杀企图，只是遗憾地看着剩下的酱汤。那汤已经凉了，还漂着几许尘埃。

祖母禁止我同附近的男孩子们玩耍，一是心疼我体弱多病，二也是免得我学坏。这使得我除了女佣、护士及三个祖母从街坊的女孩中为我挑选出来的小女孩之外，再无其他玩伴。而一点点噪音，诸如开关门声、玩具喇叭声、摔跤声，所有明显的响声和震动，都会引起祖母右膝神经痛，所以我们游戏时必须比普通女孩子玩耍时还要轻声些。因此，比起和这些玩伴游戏，我更喜欢独处，读书、搭积木、肆意沉湎于幻想中、画画等等。后来，妹妹和弟弟相继出世，在父亲的安排下（不能再像我这样，交由祖母一手抚养），他们得以像普通小孩一样在自由的环境中成长，但我并没有多么羡慕他们可以自由甚或粗鲁地撒欢儿。

然而，当我到堂妹家去玩的时候，情况就发生了变化。他们会像对其他男孩子那样要求我。我七岁那年的早春时节，就在我要上小学之前，祖母带我去堂妹——姑且叫她杉子吧——家时，发生了一桩值得纪念的事情。大伯母们一直称赞我“长大了，长大了”，祖母受了鼓动，用餐时居然破例让我吃了青鱼。前面也讲过，我从小患有自体中毒症，祖母因担心我频繁发病，一直禁止我吃“青色的鱼”。在此之前，鱼我只吃过比目鱼、鲽鱼、加吉鱼这类白肉的；土豆只吃过捣碎并筛过的土豆泥；点心只吃过小饼干、薄脆饼和干点心；水果则只吃过切成薄片的苹果和少量的蜜橘。这是我第一次吃青色的鱼，是鰤鱼，美味无比，让我心满意足。这美味也意味着我被赋予了大人的资格。每到这时，我都会同时感到一种情绪上的不安，那是长大成人的不安与沉重。这一次也不例外，我的舌尖尝到了某种轻微的苦味。

杉子是一个健康、活力四射的孩子。在她家留宿的时候，我们在同一房间里并排的床铺上就寝。杉子非常容易入睡，每次都像机器一样头一沾枕头就入梦了。而我总是难以成眠，带着些许的嫉妒和赞赏注视着她。在她家里，我比在自己家里自由得多。这里没有祖母的假想敌，即企图把我夺走的我的父母，所以她会放心地让我自由活动，没必要像在家里那样，随时都要确保我处于她的视线范围之内。

然而，我自己并没能真正享受这自由，我就像病后开始下床走路的病人一样，因被迫履行一种无形的义务，反倒怀念起此前的病床来。在这里，无声之中我被要求成为一个男子汉，于是我不得不违心地表演。别人眼中认为我在表演的，实际上是我想归回的真正的我；而别人以为自然状态的我，才是我表演出来的。从这时起，我开始模糊地意识到自己身上的这一玄机。

“咱们玩打仗吧！”我提议道。其实这并非我的本意，而是在表演。我的玩伴是杉子和另一个堂妹，并不合适玩打仗。何况她们本就对亚马逊女战士不感兴趣。我之所以建议玩打仗，可以说是对她们一种变相的讨好，即表面上不顺着她们，还多少为难她们一下，其实是哄着她们高兴。

黄昏时分，我们在屋里屋外继续着既无聊又笨拙的打仗游戏。杉子在树丛后面模仿机关枪发出嗒嗒的声音，我觉得该结束了，于是逃进家里。看见女兵一边嗒嗒地假装开着枪一边追进来，我便手捂胸膛软绵绵地倒在了客厅的正中央。

“怎么了，小公？”两个女兵当真了，跑过来问。

“我战死了嘛！”我闭着眼，手一动不动回答道。

想象自己扭曲倒地的模样让我觉得十分开心。自己被击中而走向死亡，这让我莫名地兴奋。我甚至觉得即使真中弹了，自己也不会有痛感。

幼年时代……

有一个情景极具象征意义，现在回头来看，我甚至觉得那就是我的幼年本身。看到那个情景时，我就真切地感受到了幼年时代正向我伸出诀别之手，离我而去。我也预感到，我全部的内在时间从我体内升腾而出，又被这幅画挡住去路。它准确地模仿着画中的人物、动作和声音，待摹写完成后，原画的情景也随着时间消融而去，留给我的只剩下一张临摹——或者说幼年时代的精确标本而已。每个人的幼年时代应该都有一个类似的事件，只是大多时候它是以微不足道的形式出现的，以至未被觉察。

那个情景是这样的。

有一次，夏祭节游行的队伍从我家大门蜂拥而入。

祖母腿脚不便，同时也是为了我，她说服主管，请市内的夏祭节游行队伍经过我家门前。本来我家门前不是队伍的必经之路，在主管的安排下，队伍每年绕路经过我家，这已经成了惯例。

我和家人一起站在院门前，两扇带有蔓藤花纹装饰的铁门左右打开，门前的石板路已打扫干净，并洒过了水。略显沉闷的大鼓声越来越近。

渐渐地，歌词也越来越清晰。伐木歌的悲调贯穿在无序的节日嘈杂之中，诉说着这表面喧闹下的真正主题。那仿佛是人与永恒之间极其卑俗的交会，诉说着只有由某种虔诚的乱伦才能成就的交会的悲哀。各种彼此纠缠、难解难分的声音不知不觉中已变得清晰可辨：先头队伍的锡杖佩环的金属声、大鼓低沉的咚咚声、神舆轿夫杂乱的吆喝声……我心潮澎湃，呼吸困难，几乎无法站立。（从这时起，强烈的期待给我带来的与其说是喜悦，不如说是痛苦。）手持锡杖的神官戴着狐狸面具，这神秘野兽的金色目光充满着蛊惑，凝视着我，从我面前走过。不觉间，我感到自己抓住了身旁家人的衣服下摆，随时准备从游行队伍带给我的近乎恐怖的喜悦中逃离。我的人生态度从这时起开始定型：对于过度期待、在事前空想中过分修饰过的东西，最终我只能逃离，别无他法。

壮丁们扛着系有稻草绳神结的香钱箱走过去了，孩子们扛着神舆也蹦蹦跳跳地过去了，黑金色的庄严的大神舆终于越来越近。从远处就能看见它顶上的金凤凰，仿佛在波浪间漂浮的鸟儿一样，随着号子声摇摆着，那么华丽与炫目，让人感到一种绚烂夺目的不安。只有神舆周围拥挤着一团可恶的、闷热无风的空气。像是带着恶意的怠惰，神舆在小伙子们裸露的肩膀上被猛烈地摇晃着。红白相间的粗稻草绳、黑金两色的围栏、紧闭的泥金大门内四尺见方的漆黑空间，上下左右不断摇晃跳跃，像一处洞虚的黑夜，在初夏万里无云的白昼中公然降临。

神舆来到了我们面前。小伙子们穿着统一的夏季和服，露出大部分肌肤。他们扛着神舆蜿蜒行进，让人觉得仿佛是神舆自己酩酊大醉了一般。他们步伐踉跄，眼睛似乎正凝视着不属于这个世界的东西。手持大团扇的小伙子一边绕着扛神舆的众人跑，一边高声鼓动着。神舆不时摇晃倾斜，每当这时，人们就会发出疯狂的喊号声，重新把它抬正。

这时，也许是家里的大人凭直觉感到看上去还在好好行进的队伍要有疯狂的举动，我突然被大人紧攥着手拉到了后面，同时听到有人高喊“危险”。不知道随后发生了什么，我便被牵着手跑过前院，从旁门逃进房内。

我们一直跑上二楼，来到阳台屏息而望，只见抬着黑色神舆的众人正一窝蜂拥进我家前院。

是什么力量驱使他们产生这样的冲动？我思考了很久，即使多年以后也不得其解。那几十个年轻人，无论如何也不像是事先计划好要拥进我家院门的。

那是一场真正的狂欢。植物被踩了个痛快，前院完全变成了另一个世界，不再是我厌倦的样子。神舆经过了每一个角落，灌木被踩倒在地，发出咔嚓咔嚓的响声。我甚至并不明白发生了什么事。各种声音仿佛发生了中和反应，冻结的沉默和无意义的轰鸣交替而来。颜色也是如此，金、朱、紫、绿、黄、蓝、白一起翻涌跳动，金色或朱色会不时地君临其上，用自己的颜色笼罩一切。

在这其中，有一样无比鲜明的东西将我唤醒，让我惆怅，使我的心感到无故的痛楚。那就是扛神舆的众人脸上那无比淫荡又毫不掩饰地陶醉其中的表情……

第二章

已经一年多了，我一直十分苦恼，就好像一个孩子得到了件奇妙的玩具却不知道怎么玩。那年我十三岁。

这玩具一有机会就会变大，暗示我如果掌握了玩法，它会是件相当有趣的玩具。可是它身上并没有写着使用说明，所以每当它主动来跟我玩的时候，我就被弄得不知所措。这种屈辱和焦躁有时会很强烈，我甚至想要毁坏这玩具。但到头来只能是我屈服，眼巴巴地看着它握着我快乐的秘密而满脸放肆、为所欲为。

渐渐地，我愿意虚心倾听这玩具的心意了。这么一来，我发现它已有了自己固定的偏好，也可以说是规律。这偏好的系列糅杂在我幼年时代的记忆里，一个又一个紧密相连：夏日海边的裸体青年、神宫外苑泳池里的游泳运动员、和表妹结婚的肤色浅黑的青年，以及很多冒险小说里勇敢的主人公。在此之前，我把这个系列和其他诗意的系列混杂在一起，并未加以区别。

在死亡、鲜血、结实的身体面前，这玩具也会昂起头。家里的学仆偷偷借给我《讲谈杂志》，杂志的卷首有一些画，有鲜血淋漓的决斗场面，有年轻武士正在切腹的画面，有中弹的士兵咬紧牙关、抓着胸口，鲜血透过军服从指间滴落的场景；也有一些照片，照的是肌肉结实又不过于肥胖的"小结"级别的相扑力士……看到这些，玩具马上会昂起它那好奇的头。如果说"好奇的"这个形容词不太恰当，那么可以换成"爱的"或者"欲求的"。

明白了快感所在，我开始有意识、有计划地行动起来，有选择地收藏和修改画片。比如说，如果觉得《讲谈杂志》卷首插图的构图还不够刺激，我就会用彩色铅笔先把它临摹下来，然后再修改到自己满意。画里，马戏团的青年手捂中弹的胸口，跪倒在地；走钢丝的演员跌落下来，头骨粉碎，半边脸浸在血泊里。这些画被我藏在家中书柜的抽屉里，上学时我总是坐立不安，完全无法静下心来听课，生怕这些血腥的画被人看见。可我舍不得画完后立刻撕碎扔掉，因为我的玩具对这些画是如此迷恋。

就这样，我这桀骜不驯的玩具，不但从没达到它的首要目的，连次要目的——所谓的“恶习”也完全不知，就这样虚度着光阴。

此时我周围的环境发生了各种变化。我们全家离开了我出生时的住处，搬到了另一座城市，并一分为二，两家相隔不到五十米。一家住祖父母和我，另一家由父母带着妹妹和弟弟住。后来父亲被政府派遣巡访欧洲，归来后不久，父母家再度搬迁。父亲终于亡羊补牢般下定决心，趁这个机会把我领回身边。我和祖母离别的场面，被父亲称作一场“新派悲剧”。就这样，我随父亲搬到了新的住处。这里到祖父母家相隔着几站国营、市营电车的距离。祖母日夜紧抱着我的照片哭泣。一旦我爽约，没有按约定一周回祖母家住一天，祖母的病便会立刻发作。十三岁的我，有一位六十岁的深情的恋人。

这段时间，父亲又留下一家人只身去大阪赴任了。

有一天，我感冒没去上学，趁机拿了几本父亲从国外带回来的画册，回到自己房间仔细观赏起来。其中，意大利各城市美术馆的导游指南尤其令我着迷，因为上面满是希腊雕刻的照片。只要是画着裸体的名画，我都更喜欢黑白版。理由很简单——这样看起来更真实。

这天我才第一次看到手中的那些画册。吝啬的父亲怕孩子的手把画册弄脏，就把它们藏在柜橱深处。(还有一半原因是怕我被名画中的裸体女人所吸引。他真是完全想错了！）而我一直没动，是因为我对这些画册从未抱有像对《讲谈杂志》卷首插画的那种期待。就在即将翻完手里的画册时，有一幅画突然跳入我的眼帘，它就在那页的边角上，仿佛一直在那里等着我似的。

那就是收藏在热那亚罗索宫里的圭多·雷尼所画的《圣塞巴斯蒂安》。

画中提香风格的忧郁森林与傍晚的天空构成了微暗的远景，微微倾斜的黑色树干就是塞巴斯蒂安的刑架。这个英俊的青年被绑在树干上，赤裸着身体，双手交叉，高高举起，手腕被绳索捆绑在树上，此外再看不到有什么绳结。遮掩青年裸体的，只有一块松弛地缠绕在腰间的白粗布。

即使是我，也能猜到这是一幅殉教图。然而，这幅文艺复兴晚期唯美倾向的折衷派画家所画的塞巴斯蒂安殉教图，却散发着异教的芬芳。因为这殉教者的肉体堪与安提诺乌斯媲美，丝毫没有其他圣者身上常见的宣教的辛苦或老朽的痕迹，而只有青春，只有光，只有美，只有安逸。

这白皙无比的裸体在薄暮的背景中熠熠生辉。身为近卫军，塞巴斯蒂安那惯于拉弓舞剑的强壮臂膀毫不费力地抬起，受绑的手腕正好交叉在头发上方。他脸庞微微上扬，大睁起深沉而安详的双眼仰望着天上的荣光。挺起的胸膛，收紧的腹部，以及略微扭转的腰部，表现出的不是痛苦，而是音乐般的慵懒和安逸。如果没有深深射入左腋窝和右侧腹的箭，看上去就像是罗马的运动健将在薄暮中倚着庭树休息。

箭头深深刺入塞巴斯蒂安那青春、紧致而又芬芳四溢的肉体中，试图以极端痛苦又欢喜的火焰从内部焚烧它。这幅画中没有流血，也没有像其他塞巴斯蒂安殉教图一样，让他中箭无数。只有两支箭将宁静端丽的影子投在他大理石般的肌肤上，宛如树枝的影子映在石阶上。

必须说明的是，上面这些判断和观察，全都是后来的。

看到那幅画的一刹那，我的全身心都被异教的快感征服了。我的血液在奔腾，我的器官充溢着愤怒的颜色。我的那部分变得巨大，好像马上就要爆裂，前所未有地强烈地催促我使用它。它责难我的无知，激动地喘着粗气。我的手不知不觉开始了谁都没有教过的动作。我感到内部有一种阴暗又闪亮的东西迅猛地攻了上来。转瞬间，伴随着天旋地转的酩酊醉感，那种东西迸发了出来……

稍后，我痛心地环视眼前书桌的周围。窗外枫树的光影投洒在我的墨水瓶、教科书、字典、画册的照片和笔记本上。浑浊的白色飞沫溅到了教科书镏金的题字、墨水瓶颈和字典的一角。飞沫有的好像还在无精打采地缓缓滴落，而有的则像死鱼的眼睛一样发出浊光……还好画册没有被弄脏，因为我的手在刹那间拦挡了一下。

这就是我最初的 ejaculatio[①]，第一次笨拙而突发的“恶习”。

（赫希菲尔德论及性倒错者特别喜好的绘画雕刻时，把“圣塞巴斯蒂安的绘画”排在第一位，对我来说，这是个很有意思的巧合。据此正可以推测，性倒错者，特别是先天性的性倒错者，其倒错性的冲动和施虐狂的冲动绝大多是错综交织在一起、

①射精。

难以区分的。

据传，圣塞巴斯蒂安出生于三世纪中叶，后来成为罗马军队的近卫军长官，以殉教的方式结束了他三十几岁的短暂生涯。他死于公元二八八年，当时罗马帝国在戴克里先皇帝的统治之下。戴克里先出身贫苦，后来一跃登上了皇帝的宝座，因其独特的温和主义受到人们的爱戴。但副帝马克西米安却是一个厌恶基督教的人，他处死了马克西米里艾奈斯——一个因坚信基督教和平主义而拒服兵役的非洲青年。百夫长马塞拉斯的死刑也同样出于宗教原因。圣塞巴斯蒂安的殉教就是在这样的历史背景下发生的。

身为近卫军长官的塞巴斯蒂安偷偷归信了基督教，他安慰狱中的基督徒，还说服市长和其他一些人改信了基督教。行为暴露后，他被戴克里先皇帝宣布处以死刑，万箭穿身，曝尸荒野。一个虔诚的寡妇前去埋葬他，发现他的身体还有温度。在寡妇的救护下，赛巴斯蒂安苏醒了。但不久，他又与皇帝对抗，用言辞亵渎皇帝的神灵们，结果死在乱棍之下。

这个殉教传说中的复活主题显然是在呼应基督教里的“奇迹”。否则，那么多的箭伤，什么样的肉躯也不可能复活。

为了能让各位更深刻地理解我出于本能的强烈快感到底是

何种性质的东西，下面附上我后来创作的未完的散文诗。

圣塞巴斯蒂安（散文诗）

一次，我从教室的窗户向外望去，看到一棵不算高大的树在风中摇曳。看着看着，我开始心潮起伏。这棵树美得惊人。它呈圆润端正的三角形，挺立在一片草坪当中。其伸展开来的枝杈像烛台一样左右对称，托起浓浓的绿荫。绿荫下露出发暗的树干，像是稳固的黑檀木台座。完整而精巧至极，又不失“自然”所特有的随遇而安的优雅气质，这棵树好像就是它自己的创造者一样，默然而立却不失明快。然而它确实是一部作品，或许是音乐作品，是德国乐师谱写的室内乐；是一种应称之为圣乐的音乐，带有宗教色彩的沉静与安逸，充满了缀织的壁挂图案似的庄严感和亲切感……

这树的形态与音乐相似，对于我来说具有某种特别的意义，当这两者结合成一种更深刻的东西向我袭来时，我感受到难以言喻的灵妙的悸动，那不是抒情性的感动，而是类似宗教与音乐结合时给人的莫名的酩酊之感。“岂不就是这棵树吗？”忽然间，我心中自问。

“年轻的圣徒被反剪双手捆绑在树上，大量神圣的鲜血雨滴般滴在树干上。被临终的痛苦剧烈燃烧的年轻肉体（这恐怕是地上所有快乐和苦恼的最后的印迹），在树干上狂暴地擦蹭、扭曲、挣扎。这不就那棵罗马的树吗?！”

殉教史上说，戴克里先登基后，一直渴望拥有像飞鸟振翅般所向披靡、天衣无缝的权力，就在此时，年轻的近卫军长官由于信奉了禁忌的神而被问罪逮捕。他既有像昔日受哈德良皇帝宠爱而闻名遐迩的东方奴隶的柔韧体魄，又有大海般无情的叛逆者的眼神。这个年轻人俊美且一身傲骨，头盔上插着白色的百合花，那是城中的姑娘们每天早上去送给他的。大强度练兵间歇时，头盔上的百合花随着他英武的长发优雅地低垂，姿态宛如天鹅的颈项。

没有任何人知道他生于何地，来自何方。但是人们已然预感到，有一个年轻人，专程为逝去而来到这里，那年轻人有奴隶的体魄和王子的面容；预感到，这个像恩底弥翁一般俊美的青年是牧羊人；预感到，他才是那位被拣选到最肥沃的草场来牧羊的人。

还有好几个姑娘确信他是从大海来的，因为她们从他的胸口听到了大海的波涛声；因为他的眼眸里浮着神秘的、永不消失的水平线，那是一个在海边出生，之后不得不离开的人被大海所赋予的纪念；因为他呼出的气息有着盛夏潮风般的热度，还带着被海浪冲上岸的海草的味道。

塞巴斯蒂安——年轻的近卫军长官——所展现的美不就是招惹杀身之祸的美吗？罗马健壮的女人们凭着她们被滴着血的鲜肉和震颤骨髓的美酒熏陶过的感官，早早就嗅到了塞巴斯蒂安自己还不知道的、将要发生在他身上的厄运，并因此才爱上了他，难道不是吗？他体内的热血比平时更加急促地流淌着、沸腾着，寻找着时机，以便这年轻的肉体被撕裂时，从这白皙的肉体里迸发而出。热血这如此强烈的企图，女人们怎么可能觉察不到呢？

并非薄命，绝非薄命，而是更桀骜不驯的凶猛的存在，甚至可以说是辉煌的存在。

即使处在接吻的甜蜜中，这个年轻人的眉梢间也多次掠过即将面对死亡的痛苦吧。

年轻人自己可能也朦胧地预感到了什么，预感到在前方等待他的一定是殉教之死；预感到他的超凡脱俗一定是他厄运的征兆。

那天早晨，迫于繁忙的军务，塞巴斯蒂安在拂晓时分就从床上一跃而起。起床前做的梦还在枕际萦绕。梦中，不祥之兆的鸟雀成群停落在他的胸脯上，张开的翅膀遮住了他的嘴。他每夜躺卧的简陋的寝床，好像是每夜都要带他梦游大海似的，散发着被冲上岸边的海草的味道。他站立在窗边，边穿戴铿锵作响的盔甲，边眺望远方包围着神殿的森林上空，北斗星座正在沉落。远眺这壮丽的异教神殿，塞巴斯蒂安的眉宇间浮现出轻蔑的表情，那是一种最符合他个性的、近乎痛苦的轻蔑。他口里称颂独一真神的圣名，低声吟诵了两三句令人敬畏的圣句。很快，好像他的声音被放大成了上万倍的回声，从神殿的方向，从那排高耸入星空的神殿圆柱附近，传来了隆隆的闷响。那是震撼星空的巨响，像是某种异样的堆积物正在坍塌。他微笑了，然后垂下视线，看到一群偷偷到他住处来晨祷的姑娘。每天天色未亮，姑娘们就来到这里，每人手里都小心翼翼地捧着尚在熟睡的百合花……）

中学[①]二年级的生活已进入严冬。我们已经习惯了穿长裤，习惯了互相称呼时不再使用敬称（初等科时，老师命令我们彼此

①旧学制中对男子进行高等普通教育的学校，学制5年。

称呼“某某君”。还有，即使是盛夏也不允许穿不盖过膝盖的短袜。穿长裤后最先感觉到的舒服就是，终于没有紧绷的吊袜带箍着大腿了），习惯了私下里拿老师开玩笑、起哄，习惯了在咖啡馆互相请客，习惯了在学校的树林里追打嬉闹，也习惯了在集体宿舍的生活。不过，说到集体宿舍的生活，其实是指大家习惯了，我却并不了解——虽说学校几乎是强制规定中等科一年级和二年级的学生要住校 ，但父母以我体弱多病为由，让学校特批我走读。其实他们还有个最重要的理由，就是不想让我住校时跟着学坏。

我这种走读的学生很少。二年级下学期，有一个新人加入了走读的行列。他叫近江，因为调皮捣蛋被赶出了宿舍。以前我没太注意他，但在他被赶出宿舍，烙上“捣蛋分子”的烙印后，我的视线再也没能从他身上移开了。

“嘿嘿，”一个胖乎乎的老好人满脸堆笑凑过来对我说，“告诉你件好玩的事。”这家伙这么说时，八九不离十是他手里攥着什么小道消息。

我离开暖气旁，和老好人来到走廊，靠到能俯瞰楼下弓箭场的窗前。这是我们谈一些秘密时经常来的地方。楼下弓箭场在肆虐的寒风中显得十分萧瑟。

“你知道近江的事吗？”老好人一副欲言又止的样子，说话间红了脸。在初等科五年级时，有一次大家在议论那方面的事，这个小胖子马上站出来否定别人的说法，理由很确定：“那绝对是假的，我全都知道。”还有一次，他听说一个同学的父亲中风了，就来忠告我说，中风是传染病，最好不要接近那个同学。

“近江咋了？”那时我在家里说话还像个女孩子似的，可到了学校，说起话来就很粗俗了。

“我说的可是真事啊，近江那家伙，在那方面是过来人啦。”

这倒也不足为奇。近江已经留级两三次了，他体格不俗，脸庞的轮廓有种与众不同的、特有的青春光彩。他很清高，对什么都一副鄙视的样子。没有什么不被他鄙视，好学生很可笑，教师很可笑，警察很可笑，大学生很可笑，上班族也很可笑，在他傲视一切的眼里，一切都是嘲笑的对象。

“啊？真的吗？”不知为什么，我忽然想起军训课上练习擦枪时，近江干得特别利索。军事教练和体操老师特别宠爱和优待他，他当小队长的样子很潇洒。

“所以吧……所以说，”小胖子哧哧地乐着，那是只有我们中学生之间才明白的淫荡的窃笑，“听说那家伙的那个特别大。下次玩掏裆时，你摸摸就知道了。”

“掏裆”是我们学校中学一二年级学生玩的一种游戏，已经是一种传统了。游戏具体内容同字面一样，这与其说是游戏，不如说是“犯病”，而且是在光天化日、众目睽睽之下。一个人没事站在那里，就有人偷偷过来，看准机会出手。要是成功地抓到了那个部位，偷袭者就跑开老远，然后起哄说：“真够大的嘿！A的那家伙真大个儿！”

不管是出于何种冲动，在我看来，这个游戏的目的只不过是为了看被害者那可笑的样子——本来腋下夹着书本什么的，突然遭人暗算，不得不扔了东西，两手伸出来护住那个部位，模样是很好笑。再深入分析的话，还因为这样的哄笑能使各人自身的羞耻得到释放。被害者脸红，让大家看到了共同的羞耻，每个人都为自己能居高临下地对其进行嘲笑而感到满足。

这时被害者就会约好似的大喊：“呸，B真低级！”

于是大家又会一块起哄：“呸，B真低级！”

近江是这个游戏的高手，攻击迅速，基本上都能得逞。我竟隐隐地感觉好像大家心里都暗暗期待受到他的攻击。当然，他也为此会常常遭到来自被害者的报复，可是谁都报复不成。他总是一只手插进裤兜走路，当有人突然袭击时，裤兜中的手和外面的手一起配合，瞬间构成双层保护。

小胖子的话让我心里有了个念头，它像毒草似的开始疯长。在此之前，我和其他同学一样，是以非常单纯的心情玩掏裆游戏的。但是，小胖子的话使我下意识里严格区分的个人和集体生活两个部分，即“恶习”与这个游戏，不可避免地关联在了一起。“你摸摸看就知道了。”小胖子这话在我心里产生了其他单纯的同学不会理解的特别含义，就证实了这一点。

从此我不再参加掏裆游戏了。我害怕轮到我去偷袭近江，更害怕近江会来偷袭我。每当感觉到掏裆游戏即将爆发（实际上这个游戏发生的情形很像一场暴动或者叛乱，不知不觉中有个引子就会突然爆发），我就离开人群跑到远处，然后目不转睛地只盯着近江一个人。

其实，近江对我们的影响，早在我们意识到以前，就已经开始了。

比如袜子。当时军事化教育在我们学校也已经渗透，重提大名鼎鼎的江木将军“质实刚健”的遗训，禁止学生穿戴漂亮的围巾和袜子。不允许围围巾，衬衫要穿白色的，袜子要穿黑色或起码是单色的。但只有近江一个人，总是围着白绸缎的围巾，穿着有漂亮花纹的袜子。

身为第一个违反禁令的人，近江有神奇的手段让自己的恶行冠上“叛逆”的美名。他凭自身的经验看透了周围那些崇拜“叛逆”美学的少年们有多弱小。他跟军事教练也混得很熟，军事教练是个从农村来的下级军官，在近江面前就像是近江的手下。近江故意在他面前慢条斯理地把白绸缎围巾围到脖子上，把带金扣的外套领子像拿破仑那样左右敞开。

愚众的叛逆历来都不过是小心翼翼的模仿。我们都想尝尝叛逆的美妙滋味，又想避开危险的结果，于是就只从近江的叛逆中剽窃了穿漂亮袜子一项。我也不例外。

早上来到学校，上课前一片吵闹的教室里，我们坐在桌子上而不是椅子上聊天。如果谁穿了新花纹的漂亮袜子，便会潇洒地撩起裤脚，周围马上会有人注意到，并报以赞叹。

“嚯！袜子够嘚瑟啊。”

除了“嘚瑟”以外，我们说不出其他夸人的词了。可是这么一说，不管是说的还是被说的，大家都会想起近江傲慢的眼神。他不到站队时是不会现身的。

一个雪后的早晨，我很早就去学校了。因为前一天晚上有同学来电话跟我说好第二天打雪仗。我这个人，如果对次日有所期待，前一天晚上就睡不好觉。第二天一大早，我也不管时间，醒来就直奔学校了。

雪下得并不太大，刚刚没过鞋子。太阳还未完全升起，景色也并没有因下过雪而变得美丽，看起来还有些凄惨。雪如同弄脏的绷带一般，盖住了街景的伤口。而街景的美，正在于伤口的美。

国营电车里依旧空荡荡的，快到学校前的车站时，我透过车窗看到太阳从工厂区那边冉冉升起，风景也充满了喜色。白雪面具在旭日的照耀下，发出刺耳的笑声，把不祥地耸立着的烟囱纵队，以及单调的石棉瓦房顶那昏暗的起伏，都吓倒了。这种雪景的假面闹剧，往往容易演成革命或暴动之类的悲剧事件。行人的脸色被雪映得苍白，看上去很像同谋。

在学校前的车站下车时，我听到了融雪滴落的声音。雪水来自车站旁边运输公司办公室的房顶，而我却觉得那是光在掉落。光尖叫着，一个紧接着一个，向着被鞋底的泥弄得有些泥泞的水泥地，纵身坠落而死。有一滴光，还不小心跳落在我的脖颈上……

校园里还没有人走过的脚印。物品寄存室也还上着锁。

我打开一楼二年级教室的窗户，眺望树林的雪景。一条小路从学校的后门穿过树林的斜坡蜿蜒至这栋教学楼。雪地里，一个个大脚印沿着这条小路爬上来，一直爬到教学楼窗下，又在窗下折向左侧的科学教室，最后消失在科学教室背后。

已经有人来过了。那人一定是从学校后门上坡过来，透过教室窗户看到里面没人，就独自到科学教室后面去了。很少有人上学是从后门进来的，而近江是少数几个从后门进校的学生之一。据说他住在女朋友家，从那里来上学。但近江总是到站队时才会出现，不应该来得这么早。然而这脚印那么大，不是近江又会是谁呢?

我从窗户探出身去，瞪大眼睛望着脚印处新鲜的黑土，不知怎么，那脚印让我感到一种坚定的充满活力的东西。我被一种说不清是什么的力量吸引了。我想一头扎下去，把脸贴到那脚印上。但是，同往常一样，迟钝的运动神经又使我做出了保身的反应。我把书包放到课桌上，慢吞吞地爬上窗户。制服胸前的摁扣紧压着石造的窗框，蹭得我虚弱的肋骨隐隐作痛，却又伴着一种伤感的甜蜜。越过窗户跳到雪地里时，那隐隐的痛使我兴奋得紧张起来，内心充满了令人发颤的危险的情绪。我把自己的雨靴轻轻地贴在了那脚印上。

刚才看起来好像很大的脚印其实和我的也差不多大。我忘记了那脚印的主人可能和我一样，也穿着当时在我们之间流行的雨靴，如此看来，那脚印可能不是近江的了。即便是这样，即便是期待有可能落空，我仍然忍不住想追踪这脚印。近江已不是我期待的全部了，此时占据我内心的，是对先于我在雪上留下脚印的人，对被他夺走的神秘的一种复仇的渴望。

我兴奋地追踪着脚印。

我踩着脚印，像踩在庭院的踏脚石上一样跳着走。这脚印时而是在黑黑的带着光泽的土上，时而是在干枯了的草地上，时而是在有些变脏变硬了的雪上，时而又在石铺路上。不知不觉中，我发现自己像近江平时那样在大踏步地向前走。

过了科学教室后面的背阴处，我来到了宽阔的操场前的高看台。三百米的椭圆形跑道，还有跑道中间起伏不平的操场，都被耀眼的白雪所覆盖。操场一角有两棵巨大的榉树挨在一起。它们在雪中长长的树影，好像是一种明目张胆的荒谬，故意要冒犯这雪景的威严。由于冬日的蓝天和地面雪景的反光，加上侧面射来的朝阳，让耸立在那里的大树看上去好像是塑料制成的精致艺术品。金沙般熠熠闪光的雪花，不时从枯萎的树梢和树干的分杈处掉落。操场对面几幢学生宿舍楼和小树林还在沉睡，世界安静得连雪片落下的微弱声音都有了辽阔的回声。

眼前令人目眩的雪景让我一瞬间好像什么也看不到了。这雪景就像是一片新鲜的废墟。古代废墟才会有的无边际的光耀，降临在了这伪装的废墟上。这时我才发现，这废墟的一角——大约五米宽的跑道的雪上竟被画上了巨大的文字。离我最近的一个大圆圈是英文字母O，远一点是英文字母M，再远一点，有人正在写英文字母I。

写字的人正是近江。我一路跟随来的脚印进了操场后先延伸到O，又从O到M，接着从M到写了一半的I。[①] 近江就站在那里，围着白围巾，微低着头，两手叉在外套口袋里，穿着雨靴的脚在雪地上画着。他的影子和操场里榉树的影子平行，旁若无人地伸展在雪地上。

我脸上发烧，戴着手套攒了个雪球。

雪球扔出去了，但没能扔到近江身旁。不过写完I字的近江正好抬头看见了我。

"喂！"

我大喊，虽然担心近江会不高兴，我还是被莫名的热情驱使着，边喊边跑下了高看台的大斜坡。没想到，竟听到了他充满力量的亲切回应。

---

①日语中，"近江"的拉丁字母拼写即"OMI"。

“喂！小心别踩了字啊！”

今天早晨的近江跟平时感觉明显不一样。近江从来不回家做作业，他的课本一直放在学校的存物柜里；他来上学时总是悠闲地把手插在兜里，到校后麻利地脱下外套，直到最后一秒钟才会加入到排好的队尾。只有今天，他这么早就独自一人到校闲逛，而且用他特有的亲切而粗暴的笑容迎接我。他平时可是看都不看我一眼的！这笑容，这充满青春活力的白牙，正是我等待已久的啊！

但当我靠近看清这笑容时，却把刚才喊他时的热情都忘在了一边，陷入不知所措的胆怯中。是“看穿”妨碍了我。他的笑容是为了掩饰“被看穿”而故意做出来的，这一点妨碍了我。不，或者说是损害了他在我心中的形象。

看到雪地上大大地写着他的名字OMI，一刹那，我半是下意识地懂得了他的孤独，甚至他孤独内心的每一个角落。我也懂得了他这么早就来学校的动机——恐怕连他自身也未必洞悉的本质性的动机。此时，若我的偶像在我面前屈下心灵的膝盖，辩解说是为了打雪仗才早来的，我内心就会丧失比他失掉的矜持更为重要的东西。我急了，心想我得先开口。

“今天打不了雪仗了，”我终于开了口，“原本还以为雪会更大呢！”

“嗯。”

他答道，露出扫兴的神情。刚健的脸颊轮廓又僵硬起来，对我近乎怜悯的轻蔑在他脸上复苏。他努力把我看成小孩子，眼睛又开始闪出凶光。关于他写在雪上的文字我什么也没问，对这一点，他内心的某处在感谢着，可他的态度又想要否认这感谢。这挣扎的痛苦反倒吸引了我。

“哼，你的手套，像小孩子的玩意儿嘛。”

“大人也戴毛线手套吧。”

“真可怜。还不知道戴皮手套是什么感觉呢吧。接招儿！”

他冷不防用被雪沾湿的皮手套按在我有些发热的脸上。我闪开了身体，但鲜活的肉感在脸颊上燃烧，像烙印一样无法消退。我感觉到自己在用非常清澈的眼神凝视他。

从这一刻起，我对近江心生了恋情。

如果允许我这样马虎形容，我想说这是我有生以来第一次恋爱，而且明显是与肉欲相连的恋情。

我等待夏天的到来，哪怕是初夏也好，因为这个季节有机会看到他的裸体。我还有更深的见不得人的欲望，那就是想看他那个“大家伙”的欲望。

两种手套在我的记忆中好像电话串了线。刚才说的皮手套和我下面要说的白手套，应该一个是真实的记忆，另一个是虚幻的记忆。近江粗野的脸，理应更适合皮手套。不过，也许正因为他那粗野的脸，才正好配白手套呢。

所谓他那粗野的脸，说起来其实也不过是一张普通青年的脸，只是混在少年堆里显得鹤立鸡群罢了。虽然他体格不俗，但是个头还远不及我们当中最高的少年。只是，我们学校的制服是海军士官的军服那种挺括的样式，身体还没有发育成熟的少年穿起来总有点不合身，只有近江一个人，穿上显得那么精神，有一种充实的重量感和饱满的肉感。藏青色哔叽制服能显出他肩膀和胸肌的轮廓，对此投以嫉妒和爱慕眼神的，应该不止我一个人。

他的脸上总是浮着一种阴郁的优越感，这是一种越受伤害燃烧得越猛烈的东西。留级、被赶出宿舍……这些厄运对他来说，好像是某种受挫的意愿的象征。什么意愿呢？我模模糊糊地想象，那是受他身上的“恶”的灵魂所驱动出来的意愿。那是个巨大的阴谋，无疑，连他自己都还没有充分意识到。

他的脸庞偏圆，浅黑肤色的脸颊上颧骨倔强地突出着，型好肉厚又不过分高挺的鼻子下，是像用线缝出来似的、唇线分明的嘴唇和刚毅的下颚。从这张脸上能感到他充溢全身的血液在流动。这是一个**野蛮的灵魂**的外衣。谁会期待他有什么“内心”呢？我们期待于他的，是那遗忘在久远的过去、早已无从知晓的完美模型。

偶尔他心血来潮，会凑过来看我正在读的、与我年龄不相称的、好像很有学问的书。这时我总是敷衍地笑着把书藏起来。倒不是出于害羞，而是担心会发生一些让我感到难受的事情，比如我担心他竟对书本产生兴趣，担心他会露出笨拙，担心他会厌恶起自己尚未意识到的完美，这些会让我痛苦。如果他这个渔夫忘记了伊奥尼亚的故土，会让我痛苦。

课堂上，操场上，我的眼睛总是在追逐他的身影，不知不觉中构建起了对他的完美幻影。因此，在我的记忆中，他的形象没有任何缺点。这种小说式的叙述本应写一些人物的特征，一些可以原谅的毛病，一些使人物更加鲜活生动的缺点。可是，在我对近江的记忆中却丝毫找不到这些。相反，我从近江身上找出了无数别的东西，从中又挖掘出了无限的多样性和微妙的韵味。换言之，我从他身上挖掘出了关于完美生命的定义，他的眉宇、他的鼻子、他的耳朵、他的脸颊、他的颧骨、他的嘴唇、他的下巴、他的脖颈、他的咽喉、他的气色、他的肤色、他的力量、他的胸脯、他的手，以及无数其他的东西。

经过这样的挖掘，又经过淘汰，我的癖好定型了。我不喜欢学究气质的人是因为近江，戴着眼镜的同性不能吸引我是因为近江。我开始喜欢力量、血潮涌动的印象、野性、刚猛、粗鲁的言语，以及所有丝毫未曾受理性侵蚀的肉体所具备的野蛮的忧郁。

然而对我来说，这种荒谬的癖好在逻辑上从一开始就不成立。恐怕再也没有比肉体的冲动更讲逻辑的了。只要一开始与对方有理智上的交流，我的欲望马上就会衰退。哪怕对方显出一点点理智，都会迫使我做理性的价值判断。爱是相互作用的，给对方的要求必然也是对自己的要求。所以，当希望对方毫无理智时，也意味着要求自己绝对"背叛理性"，这总归是不可能的。所以，对着那些未被理智侵蚀过的肉体，诸如痞子、水手、士兵、渔夫等等，我始终只能是小心翼翼地不与他们语言交流，而以一种热烈的冷淡从远处目不转睛地望着他们。只有语言不通的热带蛮荒之地，才是最适合我居住的地方。对热带蛮荒之地炎炎盛夏的向往，可能很小的时候就在我心中了……

该说说白手套了。

我们学校有个惯例，每逢重大仪式的日子，要戴白手套上学。贝壳纽扣在手腕上沉郁地闪光，白手套的手背上缝着三条引人冥想的线。戴上这样的手套，就会让人浮想起晴天举行仪式的印象：幽暗的大讲堂、仪式结束后发的盐濑[①] 点心盒，以及一天时间带着脆响折成两半的感觉。

在一个冬天的节日，确切地说是纪元节[②]，这天早上，近江又罕见地很早就来学校了。

此时离站队还有一段时间。校舍旁边的浪桥上，二年级学生正霸道地赶走一年级学生，以此为乐。他们表面上看不起浪桥这样的小儿科游戏，可其实还想玩，于是强行把一年级学生赶走，这样不仅可以玩到浪桥，还可以装出一副居高临下的样子，好像他们不是真的留恋游戏本身，而只是为了要耍威风才玩似的。于是一年级学生只得在远处围在一起，观看二年级学生厮杀。所谓浪桥游戏，就是看谁先使对手从适度摇荡的浪桥上摔落下去。二年级学生多少意识到一年级学生在看，所以表

①奈良的点心老店。

②日本旧制的四大节日之一，传说中神武天皇即位的日子，日期为2月11日。

演得就越发起劲。

近江两腿岔开踩在浪桥的中央，那架势就像是被追杀的刺客，时刻防范着新来的敌人。同年级学生里没有人能敌得过他。几个跳上浪桥的人都被他身手敏捷地撂倒，砸碎了地上在朝阳下闪闪发光的冰花。每次撂倒对手后，近江就像个拳击手似的，把戴着白手套的双手举到额头位置合拢，十足地卖弄。在远处观望的一年级学生也跟着喝彩，早忘了自己被他撵走的事。

我的眼睛追逐着近江戴着白手套的手。那手精悍地、出奇精准地舞动着，宛如狼或其他青壮野兽的爪子。那手有时像箭羽一般划过冬天早上的空气，射中敌人的侧腹。被撂倒的对手不时摔在有冰花的地上。近江撂倒对方的同时，自身重心倾斜，有时也会为了找回平衡在浪桥上挣扎。浪桥上有一层闪光的薄霜，很滑，站在上面保持身体平衡并非易事。近江凭着柔韧的腰部的力量，总是能重新回到他那特有的刺客般的架势。

浪桥毫无表情、按部就班地左右摇荡。

看着看着，忽然，一种莫名其妙的不安情绪向我袭来，使我如坐针毡。有点像是浪桥摇荡引起的眩晕，但又绝不是。某种意义上是一种精神上的眩晕，也许是因为害怕这样紧盯着他那危险的一举一动，将会打破我内心的平衡。眩晕之中还有两种力量在争斗，一种是想要自卫的力量，而另一种则是想要更深、更大程度地瓦解我内心平衡的力量。后者其实就是人们往往无意识地委身其中的、那种微妙又隐秘的自杀的冲动。

“怎么了？你们这帮胆小鬼！没人上了吗？”

近江站在浪桥上轻轻地左右摇荡着身体，戴着白手套的双手叉在腰间，帽子上的镀金徽章在朝阳下闪着光。我从未见过他这么美。

“我上！”

我脱口而出。其实，逐渐加速的心跳让我准确地预测到了自己会这样。我败给自己欲望的瞬间总是如此。我知道自己早晚会站出来。于我而言，这好像不是难以逃避的行动，而是早已预备好的行动。所以后来有时我会误以为自己是“意志坚定的人”。

“得了吧！得了吧！你肯定会输的！”

我在周围的起哄声中，跳上了浪桥的一端，往上跳的一刻脚下打滑，于是又引起大家一阵哄笑。

近江带着戏谑的表情来迎战我。他起劲地做着各种滑稽动作，假装要失足落下的样子，还把戴着手套的手指晃来晃去捉弄我。在我看来，这手指是向我刺来的危险武器的刃尖。

有几次，我戴着白手套的手和他戴着白手套的手拍在了一起。每次都因为他的手掌力大，弄得我身体摇摇晃晃。可能是为了尽情折磨我吧，他有意不使狠招，免得我过早败下阵去。

“喔！好悬啊！你小子好厉害啊！我输啦！马上就掉下去了——瞧啊！”

他又故意吐舌头，装出要掉下去的样子。看着他那张滑稽的脸，我感到一阵难过，生怕他在无意当中破坏了他自身的美。我被步步紧逼，却仍低着头不敢正视他。这被他找到了机会，右手撩了过来。我的右手条件反射地抓住了他右手手指，才没有掉下去。透过白手套，我真切地感觉到了他手指的温度。

就在这一刹那，我和他的目光终于彼此相对，真的就那么一刹那，他脸上的滑稽消失了，换成了令人难以置信的认真，那是一种说不上是敌意还是憎恶的、纯粹而又猛烈的情绪。也许是当时我想多了，他不过是被我拉住手指失去了平衡，瞬间失神了而已。但是我凭直觉感到，在二人手指较力的一刹那，近江从我看他的眼神中读出了我对他——仅仅对他一个人——的恋情。

两个人几乎同时从浪桥滚落下来。

我被扶了起来。扶起我的竟是近江。他粗暴地拽起我的胳膊，一声不响地替我掸掉了衣服上的土。他的胳膊肘和手套上也沾了土，土上的霜闪闪发着光。

我抬头用责怪的眼光看着他，因为他拉着我的胳膊，开始向前走了。

站队的哨子响了。近江和我一起滚落刚好给大家快看腻了的游戏画上了句号。我们从初等科开始一直没换过班，同学之间都很熟，彼此亲热地搭着肩膀或拉着手是很常见的。此时大家也这样结伴赶去站队。所以，我们俩拉着胳膊走，应该也不是什么特别引人注意的事。

然而，我倚着他的胳膊走着，内心已经欣喜若狂。也许是因为生来体弱多病，我感受到喜悦时，都会伴随着一种不祥的预感。但此时，他的胳膊强有力地压迫着我，那感觉好像从胳膊传到了我全身。我真想就一直这样走下去，直到世界的尽头。

可是，一到站队的地方，他就毫不在意地放开了我的胳膊，站到队列中自己的位置上，之后再也没有转头看我一眼。仪式过程中，我隔着四个人，把自己和近江白手套上的泥看了又看，比了又比。

这种对近江不明缘由的倾慕之心，我既没有从意识上剖析，更不曾加以道德上的批判。一试图把意识集中于此，我就已不在那里了。如果存在一种恋情，既不延续，也不发展，那我的正是如此。我看近江的眼神永远是“最初的一瞥”，堪称是“混沌初开的一瞥”。无意识中，这点保护了我十五岁的纯洁没有受到侵蚀。

这到底是不是恋情？我后来也多次经历这种恋情——看上去很纯真，却蕴含着独特的堕落和颓废。那堕落是比世间所有爱的堕落更为邪恶的堕落，那颓废的纯洁是世上所有颓废中最恶劣的颓废。

然而，对近江的单恋，是我人生中第一次邂逅的恋情。这段恋情里的我仿佛是一只小鸟，把天真的肉欲藏在翅膀下。使我迷失的不是想要获得的欲望，而只是纯粹的“诱惑”本身。

至少在校期间，尤其是在无聊的课上，我无法将视线从他的侧脸移开。我还不懂得，所谓爱，既是需要也是被需要，所以除此以外，我还能做什么呢？对我来说，爱，只不过是一问一答的猜谜小游戏，而且游戏当中始终不揭开谜底。我甚至连这种倾慕之心是否会得到某种形式的回报都不曾想过。

三年级第一次春季体检那天，我碰巧因为一点小感冒请了病假，第二天上学时才发现自己错过了体检。于是我跟体检当天请假的两三个人一起，到医务室去补体检。

煤气炉上的蓝色火苗在阳光的照射下，若有若无地摇曳着，屋里充满了消毒药水的气味。每次体检时，少年们都会赤裸身体推来挤去，空气中散发出甜奶蒸发了似的浅桃色的味道，那是体检时特有的味道，但今天却完全没有。我们几个冷冷清清地、默默地脱去了上衣。

一个和我一样总爱感冒的瘦弱少年上了体重计。他的脊背干瘦白皙，布满细细的汗毛，看着看着，我的记忆突然在脑中苏醒。我一直那么强烈地渴望看到近江的裸体，居然没想到体检正是好机会！多么愚蠢！如今，机会已经与我擦身而过，而下一次机会不知何时才能有了。

我脸色铁青。赤裸的身体上泛起令人扫兴的鸡皮疙瘩，后悔使我感到瑟缩发冷。正当我茫然地揉搓着瘦弱胳臂上那悲惨的疫苗疤痕时，叫到我的名字了。体重计仿佛是绞刑架，正在宣判执行我的死刑。

“三十九点五公斤！”

卫生兵出身的医务助手告诉医生。

“三十九点五公斤，”医生一边记录一边自言自语着，“至少也要有四十公斤才行啊！”

每次体检，我都蒙受这种屈辱。但今天我听到这话却比较轻松，因为近江看不到我的屈辱，这使我松了一口气。这种放心的感觉甚至瞬间发展成了喜悦……

“好了。下一个！”

医务助手恶狠狠地推了一下我的肩膀，我也没有像往常那样用厌恶的、怒气冲冲的目光回敬对方。

这初次的恋情会以怎样的形式告终？虽然朦胧模糊，我又岂能没有预感呢？或许，这预感带来的不安正是我快乐的核心。

初夏的一天，那是个标准的夏日，就好像是夏天正式登台前的一次彩排，又好像是夏天的先锋官，冲在真正的夏天之前来检查人们的衣橱，以确保人们的准备无一遗漏。人们在这天穿着夏衫出门就成了检查合格的标志。

在这样的炎热里，我居然感冒，并引发了支气管炎。为了体操课可以见习（就是在旁边看着），我和另一个拉肚子的同学一起去医务室开必要的诊断书。

回来去操场的路上，我们两个拖慢了脚步，好尽量缩短只能在一旁参观的无聊的体操课时间，反正去医务室可以让我们的迟到名正言顺。

“太热了。”

说着，我脱下了制服外衣。

“你感冒还敢脱衣服？小心让你去做体操。”

我慌忙又穿上了外衣。

“我是拉肚子，没事！”

他好像故意跟我炫耀似的脱下了外衣。

我们进了操场，发现墙钉上挂着好多脱下的外衣，甚至还有人把里面的衬衫也脱下来挂上了。我们班有三十来个人，都聚集在操场对面的单杠周围。雨天的操场是阴暗的，然而越过操场望过去，户外沙坑和草坪边上单杠那一带却像燃着火一样，很是明快。体弱多病的自卑感同往常一样抓住了我。我自暴自弃地咳着，向单杠走去。

瘦弱的体操老师从我手里接过诊断书，看也没看。“来，现在做引体向上。近江，给大家做个示范。”

我听见大家在嘁嘁喳喳地叫近江的名字。体育课上他经常不声不响地销声匿迹。这时，也不知道他去干什么了，只见他从叶子油亮的珊瑚树丛后面慢慢悠悠地现身了。

我的心躁动起来。他连衬衫都脱了，只穿着一件雪白的运动背心。浅黑的皮肤把洁白的背心衬托得几乎刺眼，仿佛远处都能闻到洁净的味道。轮廓分明的胸脯和两只乳头成了这白色石膏上的浮雕。

“是做引体向上？”

他生硬却又充满自信地问老师。

“嗯，对。”

于是，带着常见于体格强健的人的傲气和懒散，近江慢腾腾地把手伸进沙坑，将手掌沾满下层湿润的沙子，再站起来，一边霸气地对搓两只手掌，一边抬眼看头上的单杠。他的眼神里闪现出亵渎者的决心，将五月的云彩和天空都敛进了轻蔑又冷漠的眼眸中。他纵身跃起，转瞬间，两只配得上船锚刺青的胳膊已把他的身体吊上了单杠。

“嚯！”

赞叹声在人群里缓缓飘荡。谁心里都明白，这并非对他臂力的赞叹，而是对青春、生命和卓越的赞叹。大家被他张开的腋窝里那浓密的体毛震撼了。大概这是少年们人生第一次看到如此茂密的、仿佛疯长的夏草一样的腋毛。如同夏草覆满了院子尚嫌不够，还要繁生上台阶一样，腋毛不但长满了近江深凹的腋窝，甚至还蔓延到了胸的两侧。这两处黑色的大草丛在阳光下泛着光泽，把周围皮肤那意外的白衬托得如同透亮的白色沙地。

他的双臂绷紧膨出，肩上的肌肉像夏日的白云一样隆起，于是腋窝的草丛叠进暗影中不见了，胸脯升高擦过铁棒，似乎有些微微颤抖。就这样，引体向上做了一个又一个。

生命力，正是生命力那过度强烈的气势征服了少年们。生命中某种过剩的、除了源于生命自身别无其他目的的、暴烈的感觉，带着令人不快的陌生感喷涌而出，把他们完全镇服了。一个生命不知不觉间潜入了近江的身体，占领了他，又冲破了他，从他里面喷涌而出，无时无刻不在伺机凌驾于他。在这一点上，生命与疾病颇为相似。近江的肉体已经被粗犷的生命完全侵蚀。他的肉体存在于世就是为了这疯狂的献身，因此对传染毫无惧色。而对害怕传染的人来说，他的肉体本身无疑就是一种责备。少年们畏缩退后了。

我也一样，但又有所不同。在看到他那强烈气势的瞬间，我 erectio[①] 了(这足以让我脸红)。单薄的春装裤子使我担心被人发现。即便没有这种担心，那时占据我心的也绝不仅仅是无邪的欢畅。终于见到了渴慕已久的东西，这种震撼反而发掘出了

①勃起。

另一种意想不到的情感。

那就是嫉妒。

仿佛完成了一项崇高伟业一般，近江落地了，我听到了身体沉落在沙地上的声音。我闭起眼，摇了摇头，告诉自己我已不再爱近江了。

这是嫉妒。这嫉妒强烈到我宁愿放弃对近江的爱。

也许可以说，这个决定与我当时开始萌生的对斯巴达式自我训练的追求有关（写这本书也是这追求的表现之一）。幼年时的体弱多病加上被人溺爱，使我成了一个不敢抬头正视人脸的孩子。而这时，我迷上了“必须变强大”的行为准则，并且找到了训练自己的方法，那就是在上学的电车上一动不动地盯视素不相识的乘客的脸。

被我这样苍白柔弱的少年盯视，人们大多并不害怕，而是厌烦地背过脸去。很少有人回视我。别人扭过脸，我就觉得自己赢了。经过这样的训练，我逐渐敢正面看人的脸了……

误以为已经不再爱他，我得以暂时忘记了自己的爱。这真是太愚蠢了，我忘记了爱有个再明显不过的标志——erectio。实际上，很长时间以来，erectio 一直在不知不觉中发生，而我独处时，它所引起的那“恶习”也一直不自觉地进行着。关于性，我已经有了足够的常识，但并未因自己和别人不同而烦恼。

当然，我也不是真以为自己那不合常规的欲望是正常或正统的，也没有误以为别的朋友也和我有一样的欲望。难以想象的是，我因为读了太多浪漫故事，居然像不谙世事的少女一样，将所有超凡脱俗的梦想都寄托于男女的恋爱结婚。我把对近江的恋情扔进自暴自弃的谜团垃圾里，不再去深思那到底意味着什么。当时的我，对于现在用“爱”“恋情”来描述的这些感情，还没有丝毫感受。至于这欲望竟对我的“人生”有重大的影响，更是做梦也未曾想到。

虽然如此，直觉却要求我孤独。这表现为我总是怀有莫名其妙的异样的不安——前面已经说过，我在幼年时就对长大成人怀有极大的不安。成长的感觉总是伴随着异样的强烈的不安。身高蹿得很快的那几年，缝制裤子时要把裤脚缝起来很多，以便每年放长一截，我像其他孩子一样，在客厅里当着家人的面，用铅笔在柱子上标记自己的身高。家人看我长高了，有时调侃我，有时单纯地表示高兴，我却强作欢颜。我会长得跟大人一样高，这个想象每次都让我预感到某种可怕的危险。对未来模糊的不安，既提高了我脱离现实的幻想能力，同时又迫使我用

“恶习”逃入幻想。不安使我接受了同学的调侃。

“你活不到二十岁！”

同学看我体弱多病，如此调侃我。

“这话够狠的啊！”

我绷着脸苦笑，却从这预言中领略到了奇妙而甜蜜的伤感，为之沉醉。

“打个赌怎么样？”

“那我只能赌我活着喽！”我回答，“要是你赌我会死的话。”

“就是嘛！可怜的家伙，你输定啦！”

同学重复着，语气里带着少年特有的残酷。

不只我，班级的其他同学也是如此，我们的腋窝下还看不到近江那样浓密的腋毛，不过是略微有些前兆似的嫩芽罢了。所以之前我也并没有特别注意过这个部位。而使我开始执着于此的，显然是近江的腋窝。

洗澡的时候，我久久地站在镜子前。镜子无情地映出我的裸身，而我仿佛是坚信自己长大也能变成白天鹅的丑小鸭，这正与那个英雄童话的主题相反。我强迫自己相信，镜子里自己那与近江毫不相像的瘦削的肩膀，有一天会变成近江那样的肩膀；而自己单薄的胸脯，也终会变得与近江的一样。与此同时，如履薄冰的不安充斥着我的心。与其说是不安，不如说是一种自虐的确信，一种对“我绝不可能像近江”的神谕的确信。

元禄[①]时代的浮世绘，常常把相爱的男女画得容貌相像。希腊雕刻中美的普遍理想，也倾向于男女相像。这是不是揭示了一个爱情的奥秘呢？在爱情的隐秘处，奔涌着要与所爱的人相像的热望。这热望引导人走向一个悲剧性的叛离，即希图用逆向的方式使不可能变成可能。也就是这样一种心理机制：既然无望达成完全相像，相爱的双方就应该极力去达成毫不相像，以期这种叛离反过来能达到讨好对方的效果。可悲的是，相像不过是转瞬即逝的幻影。因为，即使恋爱使少女变得勇敢、使少年变得深沉，他们也注定会在努力彼此靠近的过程中，不知不觉越过对方、奔向远方——已是没有具体对象的远方。

强烈到令我决定放弃恋情的嫉妒，对照上面说的爱情的奥秘来看，依然是爱。我爱上了自己腋窝下那沉着而羞涩地一点一点萌生、伸长、变黑的“与近江相像的东西”……

暑假到来。对我来说，它像是苦苦等待、真到眼前却又不

① 1688 年是元禄元年。

知如何是好的幕间休息，又仿佛是一场期盼已久、却又让人难堪的宴会。

从患上轻度小儿结核病时起，医生就要求我避开强烈的紫外线。海边的阳光，直晒绝对不能超过三十分钟。每次打破禁令，我都得到了发烧的报应。所以学校的游泳课我从没上过，至今也不知道游泳是什么滋味。我不会游泳这件事，似乎是某种暗示，因为后来，“海的诱惑”在我内心顽固地滋长，常常撼动我。

但在当时，我还没有与大海那不可抗拒的诱惑相遇。对我来说，夏天是一个彻头彻尾不适合我、但又因此让我莫名憧憬的季节，为了能平安无事地度过这个季节，我总是跟母亲和弟弟妹妹到 A 海边去度假。

我忽然发现，自己孤独地被遗弃在大岩石上。

刚刚我和弟弟妹妹沿着岩滩在石缝里找小鱼，一直找到这块大岩石下。因为没什么收获，年幼的弟弟妹妹不耐烦了。刚好女佣来接我们到沙滩上母亲的阳伞下面去。我板着脸拒绝与他们同行，于是女佣留下我，带着弟弟妹妹走了。

夏日午后的骄阳不间断地抽打着海面。整个海湾就是一个巨大的眩晕。远处海面上，夏日的云彩仿佛是伟岸又悲伤的先知，半身浸在海水中，默然伫立。云彩的肌肉十分苍白，如同雪花石膏一般。

几乎看不到什么人影。海面上徘徊漂荡着两三只从沙滩发出去的帆船和小船，还有几艘渔船。如果说有人影，就只有船上的人了。精致的沉默笼罩着这一切。海上的微风带着告密者故弄玄虚的神情，像只快活的昆虫，把它隐形翅膀的震颤之声送到我耳边。这一带的岩滩大多是缓缓倾进海面的平滑的岩石，像我坐着的这种陡峭的大岩石，其他仅有两三处而已。

起初，波浪仿佛一件焦躁不安的绿色战袍，从远处沿着海面滑行而至。海面上凸出的低矮岩石群抵抗着海浪，仿佛伸手求援似的飞溅起白色的浪花，继而又浸身于波浪之中，似乎在梦想着能够不受束缚地浮游。然而巨大的波浪转瞬间弃它而去，以同样的速度向岸边翻涌过来。不断有什么东西被这绿色的巨浪唤醒，跃起。而波浪也在翻越岩石的过程中，不遗余力地展示着大海之斧锐利无比的锋刃。这锋刃仿佛深蓝色的大铡刀，向岸边挥舞下来，溅起白色的血花。被斩断的浪峰随着撞碎的浪头翻涌而落，跃起的瞬间映照出至纯的蓝天。那是不属于这世界的湛蓝，宛若人临终时眼中所映出的一般。磨平的岩石群在波浪袭来的瞬间隐身于白色的泡沫中，而此时终于露出了海面，在后退的余波中熠熠生辉。这光彩之下，寄居虾步履蹒跚，螃蟹纹丝不动。我在岩石上目睹着这一切。

顷刻间，我的孤独感与对近江的回忆掺杂在一起，其过程是这样的：近江的生命中充满了孤独，或者说，生命力的捆锁使他孤独。我渴慕他的孤独，于是试图模仿他，以享受眼前的孤独。我的孤独，虽是目睹大海之横溢而生出的空虚的孤独，却与近江的孤独有着相似的外在形式。就这样，我一个人扮演了近江和自己两个角色。为此，我必须在自己身上发掘出与他的相似之处，以便假装成他，享受孤独的快乐，尽管近江很可能并没有意识到自己的孤独。由此，在空想中，我成功地把自己看到近江时感受到的快感，当成了近江自身的快感。

自从迷上圣塞巴斯蒂安后，我无意间养成了一个习惯：每次脱光衣服，就会把双手交叉举过头顶，虽然我孱弱的身体丝毫没有圣塞巴斯蒂安的雄健。此时此刻，我又不知不觉地做起了这个动作。视线也随即投向腋窝。不可理喻的情欲汹涌而起。

虽然远远及不上近江，但随着夏天的到来，我的腋窝下也萌生了黑草丛。这就是我与近江的相似点。这情欲显然与近江有关。但不可否认的是，我的情欲也是因自己的身体而起。震颤着我鼻孔的潮风，照在我裸露的肩膀和胸口上、令我隐隐作痛的夏日骄阳，还有目及之处人影皆无的环境，唆使我第一次在蓝天之下犯起了“恶习”。而我为它挑选的对象，是自己的腋窝。

不可思议的悲伤使我的身体战栗起来。孤独像太阳一样灼痛了我。深蓝色的羊毛短裤黏在我的腹部上，令人不快。我慢慢从岩石上走下来，双脚踏进了岸边的海水里。余波冲过我的脚，使它们看上去像一动不动的白贝壳。海里镶嵌着贝壳的石板在余波的摇荡中清晰可见。我在水中跪了下去。那被劈碎了的波浪狂暴地叫嚣着冲过来，撞击着我的胸口，几欲吞没了我，而我听之任之。

波浪退去，我的污浊也被洗净了。无数精虫在退去的波浪中，与诸多微生物、海藻种子和鱼卵等生命一起，被卷进泡沫飞腾的大海，无影无踪了。

秋天，新学期开始，近江却消失了。布告栏上贴出了他的开除处分通告。

如同僭越称帝的人死后，他的人民所做的那样，班上同学都开始说他干的坏事。被他借走十元不还，被他笑嘻嘻地抢走进口钢笔，被他掐住脖子……每个人都被他欺负过，只有我对他干的坏事一无所知。这使我嫉妒得发狂。不过，关于他被开除的理由，并没有明确的说法，我的绝望因而稍得安慰。哪所学校都会有消息灵通的学生，即便这种人也没办法打探出让人信服的近江被开除的理由。连老师也只是冷笑着说他干了“坏事”。

只有我，对他的坏，有一种神秘的确信。他一定是参与谋划了什么庞大的阴谋，甚至他自己都没有充分意识到的大阴谋。从他那“坏”灵魂生出的意愿，才是他生存的意义所在，也是他的宿命。至少我这么想。

于是，这“坏”的意义，在我内心发生了变化。它所驱使的庞大的阴谋，有着复杂组织结构的秘密结社，以及一丝不乱的地下战术，必定都是为某位未识之神服务的。近江服侍那位神，试图让人改宗信它，最后被告发而被秘密杀害了。在某个薄暮，他被剥光衣服带到树林中去。在那里，他的双手被高高地绑在树上，第一支箭射入他的肋旁，第二支箭射穿他的腋窝。

我浮想联翩。这么说，他做引体向上时抓住单杠悬垂的样子，比其他任何东西更容易让人联想到圣塞巴斯蒂安。

中学四年级时，我患上了贫血症。脸色愈加苍白，手都是草色的。爬上高一些的楼梯，必须蹲下休息一会儿才行。因为白雾似的龙卷风向我脑后袭来并凿孔穿过，我几乎晕倒。

家人带我去看病，医生诊断为贫血症。家人问医生贫血症是怎么回事，医生跟我们很熟，又是个风趣的人，他回答说："那我照着书上来解释吧。"我刚做完检查，就坐在医生旁边，家人坐在医生对面，所以我看得见医生所读书上的字，家人看不到。

"下面是病因，就是生病的原因——'钩虫'过多。少爷的病因说不定是这个，看来得化验一下大便。还有'萎黄症'，这个很少见，而且是女性的病……"

读着读着，医生跳过了一个病因，随后嘟嘟囔囔说了些什么，就合上了书。然而我看见了他跳过去的病因——"自慰"。我羞愧得心跳都加快了。原来医生早就看破了。

医生给我注射了砷剂，这毒药有造血功能，一个多月我就痊愈了。

先天性贫血，反而给予了我渴望流血的冲动。这冲动让我的身体失血更多，于是我就更渴求血。这种消耗身体的幻想生活，训练了我的想象力，而且把它磨炼得越来越强。当时我对萨德[①]的作品还一无所知，但是被《你往何处去》[②]中对古罗马斗兽场的描写深深触动，已经开始构思我的杀人剧场。在我的杀人剧场里，年轻的罗马奴隶单只为了安慰人就可提供生命，死亡一定要很血腥，并且富有仪式感。我对死刑的各种形式和刑具深感兴趣，但对逼供刑具和绞刑架敬而远之，因为这些东西不见血。我也不喜欢手枪、步枪这类用火药的凶器，所以我的杀人剧场里，总是选用箭、短刀、长枪之类原始野蛮的杀人工具，刺向腹部，以便尽量延长人痛苦的时间，让牺牲者发出长久的、悲哀的、痛楚的呼喊，激起人对存在本身难以言状的孤独感。这样，我就能从内心深处燃烧起生命的喜悦，终于也呼喊出来，去回应那被害者的呼喊。难道这不就是古人狩猎时感受到的欢喜吗？

我用幻想的凶器杀死的，有希腊士兵、阿拉伯白人奴隶、蛮族王子、酒店服务生、小痞子、军官、马戏团年轻人等等。我仿佛是蛮族强盗，不知道如何去爱，却误把所爱的人都杀掉

①法国作家。一生因性丑闻有 27 年在狱中度过。施虐狂“sadism”一词即源于他的名字。其小说《所多玛一百二十天》被称为“性倒错的总目录”。

②波兰作家亨利克·显克微支创作的历史小说，描写了罗马尼禄皇帝对基督徒的残酷迫害。

了。我向倒在地上的人俯下身，亲吻他们颤抖的嘴唇。我仿佛受到什么暗示，发明了一种刑具。行刑架固定在轨道的尽头，轨道的另一端，是一块厚板，板子上插着十几把匕首，摆成人的形状，在轨道上滑着逼近。也有死刑工厂，杀人车床不停地工作，把人血加了甜味做成罐头出售。无数牺牲者双手反绑着，被送进中学生脑子里的斗兽场。

幻想的刺激性越来越强烈，终于达到人所能达到的恶劣的顶点。幻想中的牺牲者也是我的同学，是个很会游泳、体格极其健壮的少年。

地下室举办着一场秘密宴会，洁白的桌布上，雅致的烛台闪闪发亮，银制的刀叉摆在盘子两侧，还有每次必不可少的康乃馨饰花。奇怪的是，餐桌中间的空白过大，似乎是要端上来一个巨大的盘子。

“还没好吗？”

一个人问我。那人的脸在暗处看不清楚，但声音是老人庄严的声音。所有就餐者的脸都暗暗的看不清楚，只见灯光下，白色的手伸出来，挥舞着银光闪闪的刀叉。房间里飘着喃喃低语的声音，既像是人在轻声交谈，又像是低声自语。除了椅子时不时地发出声响，一切声音都很轻，宴会有种阴森森的气氛。

“差不多了。”我回答。对方报以沉默。看起来大家对我的回答都不甚满意。

“我去看看。”我站起来，打开厨房门。厨房的一角有一段通往地上的台阶。

“还没好吗？”

我问厨师。

“马上就好。”厨师低头切着菜叶似的东西，不耐烦地回答。两叠① 大的厚木板料理台上，空空如也。

台阶上传来了笑声，另一个厨师正挽着我那健壮的同学的手走下来。同学穿着普通的长裤、深蓝色的 Polo 衫，敞着胸口。

“哦，是 B 呀！”

我若无其事地跟他打了个招呼。他下了台阶，手仍插在口袋里，朝我坏坏一笑。突然，厨师从后面扑上去，勒住了他的脖子。少年猛烈反抗。

“……这是柔道的招数吧？……是柔道的招数。……这招叫什么来着？……对，叫作勒脖颈。……不会真死的。……只是昏过去而已……”

我一边想着，一边看着这场凄惨的打斗。在厨师强壮的胳

① 日本计量房屋面积的单位，1 叠约为 1.62 平方米。

膊下，少年突然无力地垂下了头。厨师若无其事地把他抱起来，放在料理台上。另一个厨师过来，用熟练的手法脱下少年的Polo衫，摘下手表，脱掉长裤，眼看着就脱得赤裸裸了。裸体少年的嘴巴微微张开，仰面躺在那里。我对着他的嘴来了一个长吻。

“让他仰着还是趴着？”厨师问我。

“仰着好。”我回答，因为觉得这样能看到他盾牌似的琥珀色胸膛。另一个厨师从架子上取来一个西式盘子，有一个人身体那么大。盘子很奇怪，在两侧边上各开了五个小孔，一共有十个。

“一，二，三！”

两个厨师把昏厥的少年抬到盘子里，少年仰面朝天。一个厨师高兴地吹着口哨，把细绳先穿过盘子两侧的小孔，再用力把少年的身体捆绑起来。麻利的动作看起来非常娴熟。大片生菜叶漂漂亮亮地摆在裸体的周围，盘子里还放上了特大的铁制刀叉。

“一，二，三！”

两个厨师扛起了大盘子。我打开了餐厅的门。

迎接我的，是友善的沉默。餐桌在灯光下白得耀眼，盘子被放在了桌上预备好的地方。我回到自己的座位上，从大盘子边上拿起了特大的刀叉。

“从哪儿下手好呢？”没有人回答我，但是我感到有很多张脸凑到了盘子周围。

“这里好切吧。”我把叉子插进了心脏。血如喷泉般刚好直喷到我的脸上。我用右手上的刀慢慢悠悠地开始切胸脯上的肉，先是薄片……

贫血治好了，但我的恶习却越来越厉害。几何老师 A 是全校最年轻的老师，课上，他的脸我百看不厌。据说他也教过游泳课，脸被海上的阳光晒得黝黑，嗓音也像渔夫一样粗犷。因为是冬天，我把一只手伸进长裤里，另一只手照着黑板往本上抄笔记。很快，我的眼睛不知不觉就离开了笔记本，开始盯着 A 看。A 在讲台上上下下来回走动，用充满活力的声音讲解着几何难题。

感官上的刺激已经完全渗透了我坐卧起居的方方面面。不知不觉，这年轻老师在我眼里幻化成了大力神赫拉克勒斯的裸体像。他左手挥舞着黑板擦、右手举着粉笔写方程式时，衣服背上的褶皱在我眼里俨然是《拉弓的赫拉克勒斯》的肌肉纹理。

终于，我在课堂上也犯起了恶习。

课间，我无精打采地垂着头来到操场。这时，我的恋人——当然是我单相思，也是个留级生——凑过来问我："你昨天去片仓家吊唁了？情况怎么样？"

片仓是个温和的少年，死于结核病，前天举行了葬礼。听同学说，他的遗容完全变了样，像魔鬼一样。我是算准他火化完了才去吊唁的，所以也答不出什么来。"没有什么情况，都烧成骨灰了嘛。"随即我又想起了一个能讨好他的口信，"哦，对了，片仓他妈一再嘱咐我向你问好呢！还让我告诉你，今后她会很寂寞，要你去她家玩。"

"傻瓜！"对方使劲但又手下留情地猛地朝我胸口撞了一下，我心里一惊。我的恋人的脸颊被少年特有的羞涩涨得通红。我看见他的眼睛熠熠生辉，透出我所不熟悉的亲近感，他是把我当作同类人了。"傻瓜！"他又说了一遍，"你小子也变坏了！别有用心，笑什么笑！"我一时没明白他的意思。虽然我笑笑打了圆场，但是过了大约三十秒才明白过来。片仓的母亲还很年轻，是个美丽苗条的寡妇。

这还不算，更让我觉得悲惨的是，我反应迟钝不是出于无知，而是源于我和他关注点上的明显差异。这种差距我本该预料到的，可我不但意识得为时过晚，而且还为此吃了一惊。太扫兴、太令人懊恼了。我竟然没有想过他对片仓母亲的口信会作何反应，只是无意识地感到告诉他就能讨好他。我幼稚得简直丑陋，那丑陋仿佛是小孩子脸上风干了的泪痕，让我感到绝望。我曾经一百万遍地反问过自己：“为什么不能照现在的样子过下去呢？”而今，我精疲力尽，不要说反问，就连疑问（不能照现在的样子过下去吗？）的气力都没有了。我厌倦了，糟蹋了自己的纯洁。我当时以为，只要留心（这是怎样的顽强！），我是能从这种状态中脱离出来的。我相信，自己厌倦的是理想，而非人生——我那时还不明白，自己所厌倦的，显然是人生的一部分。

是人生在催促我出发。是我的人生在催促吗？是时候了，即使那不是我的人生，我也必须迈着沉重的脚步向前。

第三章

人生就像是舞台，每个人都会这样说。但像我这样，自少年时期即将结束起就一直被这种想法所桎梏的人恐怕为数不多。虽然我已经明确意识到了这一点，但毕竟人生经验尚浅，思想单纯，尽管内心的某个角落在怀疑其他人的人生应该不是以我的这种方式出发，但还是有七分相信，其他人也都是这样开始自己的人生的。我乐观地坚信，只要想办法完成表演，一切就会落幕。我早夭的假说也是建立在这一想法的基础上的。但后来证明，我的这一乐观主义，不，应该说是梦想，遭到了狠狠的报复。

为慎重起见，我必须补充一句。我在此要说的，不是人们常提的“自我意识”问题，而仅仅是性欲问题，暂不涉及其他方面。

劣等生之所以存在，本是源于先天素质，我为了能像普通人一样升班，采取了权宜之计，就是考试时不管内容，全盘照抄同学的答案，然后若无其事地交卷。应该说，这方法比一般的作弊更没有智慧，也更厚颜无耻，但有时会获得表面上的成功。这样的人虽升了班，但高年级的课程是以低年级掌握的知识为前提的，所以完全听不懂。这时他只有两条路。一是学坏，二是拼命装懂。选择哪条路，取决于他的软弱与勇气的质而不是量。无论走哪条路，都需要等量的勇气和等量的软弱，同时也都需要对怠惰抱有一种诗一般持续的渴望。

有一回，在学校的围墙外，一群学生边走边议论一个不在场的同学，说他喜欢上了往返学校的巴士上的女售票员，我也在其中。议论不久就转了方向，讨论起那个女售票员到底哪里好。我故意用冷冷的语气扔下一句：“当然是制服！曲线毕露，多带劲！”

当然，女售票员散发出的性感魅惑，我自己是完全没有感觉的。我只是在类推，纯粹是类推而已。另一方面，也正是喜欢炫耀的年龄，我希望自己看上去像成人一样，能满不在乎地用好色的眼光观察事物。这两样加在一起，让我说出了这番话。

大家立刻七嘴八舌地回应起来，热烈程度超出了我的预期。这群人都是品学兼优的稳健派。

“真没想到，你还真敢说！”

“肯定是经验丰富，要不，可说不出这么一针见血的话呀！”

“你这家伙，其实挺可怕的啊！”

听着他们既天真又动情的评论，我反思自己话说得有点用药过猛，应该多斟酌一下。同样的话，如果换个不那么刺耳的、朴实些的说法，可能会让我显得更有内涵。

当十五六岁的少年操控与自己年龄不符的意识时，容易犯一个错误，就是觉得自己远比其他同龄人意志坚定，所以能够操控意识。其实不然，恰恰是我的不安、我的摇摆，要求我比别人更早地试图控制自己的意识。我的意识仅仅是被错乱利用的工具，我的操控也是摇摆不定、胡乱随意的。据茨威格的定义，“所谓恶魔性，是一种人人生而有之的不安定，它存在于每个人内部，驱使人冲出自我，超越自我，走向无限”，又“仿佛大自然将其过去的混沌中某种不可剔除的不安定的部分保留在了我们的灵魂中”，而这不安定的部分带着紧迫感，“试图返回那个超越人类、超越感官的本原之乡”[1]。当意识对此只具有解说的功效时，人当然也就不需要它了。

我自己对女售票员没有任何肉欲的幻想，仅靠单纯的推测，斟酌着故意说的几句话，却让同学们吃惊，羞红了脸，而且青春期敏感的联想力竟使他们从我的话中感受到了一丝肉欲的刺激。目睹这一切，我内心难免生出邪恶的优越感来。然而，我的内心活动并未止于此，接下来轮到我自己被骗了。优越感以一种偏颇的形式演变开去，过程是这样的：优越感的一部分变为自大，并升级为酩酊状态，觉得自己比别人早成熟了一步。酩酊状态很快消失，但优越感还在，我开始错误地用清醒的意识推导一切。首先将自大改为自谦，从“自己比别人早成熟了一步”转为“不，我和大家一样”。接着，这个错误的推导又进一步演绎为“当然，我在所有方面都和大家一样”（之所以能这样想，是因为我还没有完全从优越感中走出来），并最终得出了“谁都这样”这一狂妄的结论。我的意识原本就是被错乱利用的工具，在上述过程中经过一番强力运转，就完成了我的自我暗示。这个自我暗示是愚蠢的、虚假的，连我自己都知道仅仅是一种欺瞒，但从这时起，它占据了我生活的百分之九十。现在

①引自奥地利作家斯蒂芬·茨威格著《与魔鬼作斗争》的引言。

想来，我比谁都对灵媒附体现象更没有抵抗力。

读到这里，读者想必也已经明白了，关于女售票员，我之所以能够说出带着肉欲意味的话来，理由再简单不过，然而偏偏我自己没有意识到。归根结底就是，对女人的话题，我与其他少年不同，丝毫没有他们那种先天性的羞耻感。

为了避免有人指责我只不过是以现在的想法来分析当时的我，我把十六岁时写的一段文字抄录于下吧。

陵太郎毫不犹豫地加入到了陌生的朋友中去。他相信只要举止快活一点，或者装出举止快活的样子给人看，就可以压制住那没来由的忧郁与倦怠。盲信是信仰里最优良的元素，这让他静止在白热化的状态中。他一边参与无聊的玩笑和打闹，一边不断地想“我既不郁闷，也不无聊”。他称这个为“忘忧”。

自己是否幸福？是否阳光？周围的人总是为这些疑问感到烦恼。质疑本身就是最确定的事实，所以这正是幸福当有的状态。

然而，只有陵太郎自己定义为“阳光”，并让自己确信不疑。

于是，人们也跟着他的逻辑，倾心于他所谓的“确实阳光”。

最终，那些微弱却真实的东西被封存在强劲有力而又虚伪的机器中。机器强力运转起来后，人们就不会觉察到自己身在“自我欺瞒的房间”里……

“机器强力运转……”

机器真的强力运转了吗？

少年时期的缺点就是，相信只要把恶魔高举成英雄，恶魔就一定会心满意足。

不管怎么说，我迈入人生的时刻越来越近了。我对这场人生之旅的预习，是许多小说、一本性爱大全、朋友们传看的春宫画，以及每次野外演习时从朋友那儿听来的幼稚的淫秽之谈——也就这些了。炙热的好奇心胜过所有这些，成了我忠实的人生旅伴。至于出发前最佳的心理准备，就是下定决心做“虚伪的机器”。

我仔细研究了很多小说，以便了解我这个年龄的人是如何感受人生、与自己对话的。我没有经历过住宿生活，没有参加过体育部，再加上学校里有太多道貌岸然的人，一旦过了前文写过的毫无心机地玩掏裆游戏的阶段，大家便不再涉及下流话题。况且我本人非常内向，这些加在一起，让我无法去了解其他人内在的一面，只能靠推理，从一般性的原则去理解“我这个年龄的男孩子”独处时是如何感受的。书上说，有一个时期叫青春期，每个人都会与我一样有炙热的好奇心。到了这一时期，少年的心思会全扑在异性身上，长粉刺，终日头脑发热，爱写一些甜腻的诗。性学研究的书中频繁论及自慰的害处，也有些书里讲自慰没有太大害处，尽可放心。看来少年们在这个时期都在热衷于自慰。这一点我和他们完全相同！然而，恶习虽然相同，心里幻想的对象却是不一样的。对此我自我欺瞒，置之不问。

首先，他们似乎对“女人”这个词异常敏感，只要一想到这个词，就会脸红。而“女人”这个词对我来说，就像看到“铅笔”“汽车”“扫把”这些词一样，没有任何感官上的刺激。在和朋友聊天时，这种联想力的欠缺也时常表现出来，让我看上去很迟钝，就像之前谈论片仓母亲时表现出来的那样。他们认为我是诗人，表示理解。我不想被人看成诗人（因为听说诗人总是会被女人甩掉），所以，为了能跟上他们的话题，我有意地去培养这种联想力。

当时我并不知道，我和他们不仅内在的感觉不一样，就连不为人知的外在的表现上也有明显差异。他们看到女人的裸体照片立刻就会 erectio，只有我不会。而让我 erectio 的对象（从一开始，这个对象就由性倒错的特质进行过严格的挑选，真是不可思议）——伊奥尼亚式[①]的青年裸体像，却完全无法让其他人 erectio。

在第二章，我特意详细描写 erectio penis[②]便与此有关。因为我的自我欺瞒，是由对这种差异的无知所促成的。所有小说中的接吻场面都省略了有关男性 erectio 的描写，即使在性学研究的书里，也不曾提到仅由接吻引起的 erectio，所以我就以为只有在肉体交欢之前或幻想交欢时才会产生 erectio。我还以为即使没有任何欲望，到了那个时刻，也会突然 erectio——就像灵感忽然从天而至一样。同时，内心百分之十的声音却一直在低声说："不，恐怕只有我不会这样。"于是，这个念头变成了担心，以各种方式表现出来。说起来，当我犯恶习时，心中哪怕有一次浮现过女人的身体吗？哪怕是尝试性的。

①具有优雅纤细的女性特质，在古希腊古风时期的雕刻中，与男性化的多利亚式形成对比。

②阴茎。

没有，一次也没有。而我一直以为这仅仅是由于我的怠惰！

说到底，我其实什么都不知道。我不知道，除了我以外，其他少年们每晚梦里萦绕的，是前一天在街角瞥到的女人们的裸体。在他们的梦里，女人的乳房宛如夜里无数次浮出海面的美丽水母，女人们的高贵部分张开湿润的唇，十次百次千次地唱着海魔女之歌，永不休止……

这是出于怠惰吗？或许是？我感到怀疑。我人生的勤奋全部来源于这个疑问。到头来，我的勤奋都耗费在为这方面的怠惰做辩护，用于确保仅仅把其当怠惰处理，不作他想。

首先，我想到要给我关于女人的记忆编上号码，无奈这些记忆太贫乏了。

我十四五岁时发生过这样一件事。父亲去大阪赴任那天，几个亲戚去东京站送行，之后来了我家，就是说，回程时他们和母亲、我及弟弟妹妹一起到我家来玩。我的堂姐澄子也在其中。澄子二十岁左右，很快就要结婚了。

澄子有点龅牙，但牙齿本身非常洁白美丽。她一笑，那微微凸出的牙齿都会最先闪亮，给她的笑靥增添了无法形容的娇媚，甚至让人怀疑她是故意这样做来突出那两三颗牙齿的。她容颜温婉，姿态优雅，是那么的和谐，而龅牙这一原本不和谐的因子，就像点入的一滴香料，又如和声中的一个高音，给原本的和谐之美增添了一分韵致。

如果说“爱”这个词不合适，那我就是“喜欢”这个表姐。我从小就喜欢从远处看她。有一回她在刺绣，我在她身边坐了一个多小时，什么也不干，只是发呆。

伯母等人进到里屋后，我和澄子并排坐在客厅的椅子上，沉默不语。我们的头脑还不能从送行时的喧嚣中完全解脱出来。我感到非常疲劳。

“啊，真累啊！”

她微微打了个哈欠，把白皙的手指并拢，遮住嘴巴，又用手指轻轻地、略带倦怠地敲了两三下嘴唇，如同施魔法一般。

“你不累吗，阿公弟弟？”

突然，澄子用和服的双袖盖住脸，一下子沉甸甸地扑倒在我的腿上，又慢慢地蹭着换了个方向，之后便一动不动了，就这样过了好一会儿。她把我的制服裤子当作枕头了，这份荣光让裤子都战栗起来。她的香水和香粉的芬芳让我惶恐。澄子睁着疲惫却清澈的双眼，一动不动。那侧脸让我不知所措……

虽然只有一次，但我永远地记住了腿上那份沉甸甸的感觉，那不是肉感，而是一种极其奢华的喜悦，像是一枚勋章的分量。

在往返学校的巴士上，我经常遇见一个贫血体质的姑娘。她的冷漠引起了我的关注。她望着窗外时百无聊赖的、厌倦的神态，微微凸出的、透着冷峻的嘴唇，总是鲜明地映入我的眼帘。只要她不在车上，我就总觉得缺少点什么。不知不觉，每次乘车我都抱着期待，希望能遇见她。我在想，这就是恋情吗？

我完全不懂。恋情与性欲到底是什么关系，我无论如何也搞不清。当然，那时候的我并没有试图用恋情一词来解释近江带给我的恶魔般的魅惑。而在我思考自己对巴士上的姑娘淡淡的感觉是否为恋情的同时，也被那个光头锃亮、年轻而粗野的巴士司机所吸引。

因为无知，我并没有感觉到有必要解释这个矛盾。我望向司机那张年轻侧脸的视线里，有的是无法逃避的、窒息的、痛苦的、深感压力的情愫，而间或望向贫血体质的姑娘的视线里，有的是一种做作的、人工的、容易疲倦的东西。

这两种视线到底有何种关系，我并不清楚，它们在我心里和平共处，毫无芥蒂。

身为这个年纪的少年，我看上去过于缺少“洁癖”的特质，也可以说缺少“精神”层面的才能，如果说这是因为强烈的好奇心使我对伦理层面漠不关心，倒也说得通。我的好奇心像是一个老病号对外界绝望的憧憬，与不可能实现的确信紧紧相连。这种半是下意识的确信与绝望，让我的愿望更加鲜活，几乎成了奢望。

尽管我还非常年轻，但我不懂得给自己明确建立一个柏拉图式的恋爱观。这是不幸吗？可人世间常有的不幸对我又有什么意义呢！对肉欲模糊的不安使我将肉体本身剥离出来，当成了固定观念。其实，我对肉体纯粹只是一种**精神上的**好奇，和其他求知欲没太大区别，但我已习惯让自己相信“这就是肉欲”。慢慢地，我习惯了自欺欺人，仿佛自己真的拥有一颗淫荡的心。这让我的做派看上去像个深谙人情世故的小大人，经常挂着一副**对女人厌烦透了**的面孔。

于是，接吻首先成了我的固定观念。如今我很清楚，接吻这一行为只不过是种表象，表明我的精神在此找到了归宿罢了。可当时，我却把这种精神需求误信为肉欲，不得不为大量的精神伪装而殚精竭虑。但潜意识里，我又因歪曲自己的本性而感到愧疚，这又更加激发了我意识上的表演。反过来想，人真能完全背叛自己的天性吗，哪怕是一瞬间?

我渴求自己并不真正渴求的东西，这一不可思议的心理机制只能这么解释：讲究伦理道德的人会努力放弃自己的欲求，而我则正好相反。这么说来，难道是我内心的渴求更不道德？可不道德的渴求有这么可爱的吗？不断验查自己是否完全伪装好了，行动是否百分百地符合成规，这成了我后来一直无法忽视的重要任务。

战争一开始，伪善的禁欲主义风靡了这个国家。高等学校[①]也不例外。从入中等科时我们就怀有的留长发的愿望，进了高等科也一时无法实现了。穿漂亮袜子的潮流也成了过去时。军训时间大量增加，各种愚蠢的改革接二连三。

尽管如此，由于我们学校的校风一贯善于搞形式主义、做表面文章，所以这些变化也没有让我们的学校生活受到多大束缚。分配到学校的大佐军官是个通晓世故的男人，还有原特务曹长N准尉，他因东北滋滋口音而被起了“滋特”的绰号。还有他的同僚“傻瓜特”、狮子鼻的“鼻特”，他们都领会了我们学校的校风，处事圆滑。至于校长，他是名老海军大将，性格

①旧学制中的大学预科。

有点像女人，以宫内省为后盾，奉行渐进主义，游手好闲做些不痛不痒的事来保住自己的位子。

这期间，我学会了抽烟喝酒。应该说，是模仿抽烟喝酒。战争使我们的成长莫名其妙地带着伤感。二十几岁就认为人生到了头，完全不去想将来。对我们来说，人生这玩意儿变得轻飘飘的，有些不可思议。二十几岁就像一个分水岭，将人生隔成了咸水湖，水的盐分骤然变高，似乎可以轻易地在其中仰泳。既然落幕的时间已经临近，我就更要卖力演好这场给自己看的假面剧。然而现实却是，我每天想着，明天一定要出发，一定。但日复一日，几年的时间蹉跎而过，我的人生之旅却丝毫没有启程的迹象。也许这一段时期对我来说是唯一一段愉快的时期。虽然有不安，但只是模糊的，我仍抱着希望，仍可以眺望到明天就在未知的蓝天下。旅行的空想、冒险的梦想、我终将变成的成人模样、我那尚未谋面的美丽新娘的容颜、对名声的向往……种种这些都已准备停当，就像导游手册、毛巾、牙刷、牙膏、换洗衬衫、袜子、领带、肥皂等整齐地摆放在等待出发的旅行箱里一样。那个时代，战争也能让我感到孩子似的快乐。我真心相信自己被枪弹打中也不会痛，这种脱离现实的幻想就算在此时也丝毫未减。预想自己的死亡也让我因未知的喜悦而颤抖不已。我感到自己仿佛拥有一切。也难怪，因为忙于准备行装之时，正是完全拥有旅行的时候，旅途中的每个细节、角落都在我们心中，剩下的就是去破坏它们了。这个过程就是旅行，一场完全的徒劳。

不久，我把接吻这一固定观念定在了一瓣嘴唇上，至于理由，仅仅是因为这样做会让我的空想看起来更有根据。前面已经讲过，我硬把一些原本并非自己欲望的东西当成欲望。我把偏要相信它是欲望这一荒谬的欲望，错当成了真正的欲望。我抱有一种强烈的、不可能实现的欲望，即希望我不是我自己，而世人的性欲则是基于他是他自己这一认识而涌起的欲望，我把这两种欲望混淆了。

那时，我有一个完全没有共同话题却交往密切的朋友。他姓额田，是我的同班同学，性格轻浮。他之所以选我做伙伴，似乎是因为觉得我容易相处，能交心，且可以帮他弄清初级德语的各种问题。我做事三分钟热情，只有开头比较起劲，当时大家认为我初级德语学得非常好。而我内心深处非常厌恶自己被贴上好学生的标签（这听上去像是在说神学院的学生，可除此以外，我也找不到其他能保我安全的标签了），倒是更向往

“坏名声”。额田也许凭直觉看穿了我这一点，他的友谊里有着戳中我弱点的成分。为什么这样说呢？因为他总有女人世界的消息，就像灵媒传来的灵界信息，似有似无地回荡着，这让那些硬派男生因嫉妒而对他虎视眈眈。

第一个带来女人世界消息的灵媒是此前提到的近江。但那时我还保留着更多真实的自我，所以满足于将近江的灵媒特质列为他自身的一种美。而额田的灵媒性质，则使我的好奇心有了超自然的结构，原因之一也许是额田根本就不美吧。

“一瓣嘴唇”就是我去他家玩时，遇见的他姐姐的嘴唇。

这个二十四岁的美人很自然地把我当小孩子对待。通过观察她身边的男人们，我发现自己身上没有任何可以吸引女人的特征。这让我明白，我绝对无法成为近江。反过来说，想成为近江这一愿望，实际上是我对近江的爱。

尽管如此，我却深信自己爱上了额田的姐姐，我像同龄的纯真高等学校学生一样，在她家周围徘徊，去她家附近的书店久久守候，希望有机会能等到她经过书店而上前攀谈，抱着软垫幻想着拥抱女人的感觉，一张又一张地描画她的嘴唇，忘记一切地自问自答。这到底是怎么回事呢？一切人为的努力让我内心感到异样而又麻木的疲惫，我不断地对自己说我爱她，真正的内心却觉察到这不自然，并以一种恶意的疲惫来对抗。这精神上的疲惫含有可怕的毒素。我内心正在人为地努力时，扫兴感会趁间歇突然来袭，让我惊恐。为了摆脱这种扫兴感，我就开始若无其事地展开别的空想。然后，我立刻活了起来，变回我自己，内心因那异常的想象而熊熊燃烧。事后，这火焰抽象地留在我的心里，并被解释成因她而起的热情。如此这般，我又一次完成了自我欺瞒。

如果有人指责我前面的叙述过于概念化，有失于抽象，我只能回答，那是因为我不愿意连篇累牍地描写一些表象，而那些表象又与正常人青春期的情形在外表上没有任何不同。如果去掉我内心的羞耻部分，我的青春期，连心灵内部，都和正常人别无二致，我们是完全一样的。好奇心是一样的，对人生的欲望也是一样的。大家可以想象一个这样的学生：年龄不到二十岁，因为过度自我反省而做事畏缩不前，动不动就脸红，对自己的长相没有信心，认为女生不会喜欢自己，只能埋头读书，成绩也还算优秀。请大家再想象一下，这个学生是多么向往女人，内心是多么焦灼、空虚与烦闷。恐怕没有什么想象比这更容易而又毫无魅力了吧。对于这种想象的如实且无聊的描写，我当然要省去。一个腼腆学生的一段乏善可陈的时期，我与之完全相同。我发誓对导演尽了绝对的忠诚。

最初我只对比我大的青年感兴趣，而此时这种情愫开始转移到比我小的少年身上。这是理所当然的，因为比我小的少年也长到近江当年的年龄了。同时，这种转变与爱的性质的变化也有关系。它依然是藏在心底的情愫，但我此时已经在野蛮之爱上添加了高雅之爱——随着身体的成长，我开始萌发对少年的爱，就像家长对孩子的爱一样。

赫希费尔德把性倒错者分为两类，一类称为androphils，只对成年同性感兴趣；另一类称为ephebophils，即喜欢少年或介于少年和青年之间年龄段的同性。我开始渐渐理解ephebophils。Ephebe 指古代希腊的青年，十八岁至二十岁之间的壮丁，语源来自宙斯与赫拉的女儿——不死的赫拉克勒斯的妻子赫柏。女神赫柏负责给奥林匹斯众神斟酒，是青春的象征。

有一个刚入高等学校的俊美少年，他十八岁，肤白唇柔，眉清目秀。我知道他叫八云，他的容颜被我的心所悦纳。

我从他那里得到了一种叫作快乐的礼物，对此他并不知情。学校由高年级各班长每周轮流负责晨会喊号令，早操和午后训练时也是这样（当时高等学校的惯例是先用三十分钟左右做海军体操，然后扛着锄头去挖防空壕或割草）。每隔四周会有一周由我轮值喊号令。我们学校非常保守重礼，但受当时流行的影响，夏天的早操和午后海军体操时间也会命令学生裸着上半身做操。班长站在号令台上高喊晨会的号令，礼毕后高喊“脱上衣”。大家脱毕，班长走下台来，再对走上台的体操老师喊“敬礼”，然后跑到本班的最后一排，自己也脱成半裸做体操。体操结束后由老师喊号令，所以班长的任务至此结束。对我来说，喊号令本来是件可怕到浑身发冷的事情，但这似像非像的军队式的程序，却碰巧像是为我量身定制的，我不知不觉中盼着自己轮值的日子。因为这个程序，我得以近距离目睹八云的风采，目睹他半裸的身姿，而且不必担心被他看到自己羸弱的裸体。

八云总是排在离号令台最近的第一排或第二排。他那张希腊神话中的美少年雅辛托斯似的脸颊，动辄飞起红潮。每每马上要晨会整队了，他才气喘吁吁跑过来。看到他的脸颊，我便感到愉悦。他经常一边大口喘气，一边用粗鲁的动作解开上衣的暗扣，然后从裤腰里猛地用力把衬衫的下摆拉出来，满不在乎地露出白嫩细滑的上半身。我站在号令台上，目光无法不被牢牢地吸引过去。有一个朋友无意中对我说：“你喊号令时总是垂着眼皮，你的心脏那么弱吗？”我不禁吓出一身冷汗。但这次，我没有得到机会接近他那蔷薇色的半裸身体。

夏天，有一次，全体高等科学生去M市的海军机关学校参观一周。一天上游泳课时，大家都进了泳池。我不会游泳，借口说腹泻，在一旁观看。可是一名大尉说日光浴是万病之药，我们这些病号也被迫裸露了上半身。我看到八云也在病号组里。他白皙而结实的双臂抱在一起，微风吹拂着他那微微晒黑的胸脯，洁白的牙齿一直玩弄般咬着下唇。自称病号的见习生们都聚集在泳池旁的树荫下，我很容易就靠近了他。我目测了一番他那柔韧的腰围，又看向他那平稳呼吸着的腹部，想起了惠特曼的诗句：

青年们仰躺着
白皙的腹部在阳光下隆起

但这次，我还是没能和他说上一句话，因为我对自己寒酸的胸膛和细弱苍白的胳膊感到羞耻。

昭和[1]十九年，即停战前一年的九月，我毕业离开了自幼年时起一直就读的学校，进了大学。父亲不容分说，强迫我选择了法律专业。不过，我相信不久的将来自己会被征召入伍，战死沙场，全家人也会无一幸免地死于空袭，所以并没有感到太痛苦。

入学的时候，一位学长刚好要奔赴前线，就把大学制服借给了我，并约定等我上前线的时候再把制服还给他家，当时大家都这么做。我穿着这身制服，开始了大学生活。

我比任何人都害怕空袭，同时又天真地期待着死亡的降临。正如我多次提到的，未来于我是一种沉重的负担，我的人生从一开始就被义务观念紧紧桎梏。我知道我是无法履行义务的，人生却因我不履行义务而对我百般折磨。倘若能用死让人生扑个空，我想那必定是清爽畅快的吧。战争时期，有关死亡的教育大行其道，我也对其有着官能上的共鸣，总是想，万一我"光荣战死"（尽管这于我很不相称），那真是巨大的讽刺，会让我在九泉之下都笑个不停。然而现实中，一听到警报声，我总是第一个逃进防空壕。

① 1926 年是昭和元年。

我听见了拙劣的钢琴声。

此时，我在一个朋友家里，他即将入伍，成为特别预备士官。我非常珍惜这个姓草野的朋友，因为在高等学校时，只有和他能多少就精神层面的问题进行一些探讨。我本来就不善结交朋友，下面讲述的内容恐怕要伤及这段绝无仅有的友谊，但内心有种力量强迫我非讲不可，着实残忍。

“那钢琴弹得好吗？总是卡住呢。”

“是家妹弹的，老师刚走，她正在练习呢。”

我们停止对话，再度侧耳倾听隔壁传来的琴声。草野即将入伍，在他听来，这不仅仅是琴声，更是象征着他即将被迫离开的“日常生活”，虽然拙劣不尽人意，却很美好。而对我来说，琴声则像照着笔记做出来的点心，不够好吃，却十分可亲。我不由得问道：“你妹妹多大了？”

“十八，是紧挨着我的那个妹妹。”草野回答说。

我越听越觉得十八岁的琴声就该是这样的，充满梦想，对自己的美尚不察觉，指尖上还留着稚气。我祈愿这练习一直持续下去。我如愿以偿了。五年后的今天，这琴声还在我心中萦绕。不知多少次，我努力让自己相信这是错觉；不知多少次，我的理性嘲笑这一错觉；又不知多少次，我的软弱讥笑我在自欺欺人。然而，我还是无法摆脱这琴声的支配。如果可以把宿命这个词中令人不快的含义去掉，那么对我来说，这琴声诚然就是一种宿命。

就在那之前不久，我刚刚怀着特殊的心境体会过宿命一词的含义。高等学校毕业典礼结束后，我和当过海军大将的老校长乘车去宫中谢恩。在车中，这位双眼积满眼垢的忧郁的老人，批评我没有申请特别预备士官，却打算应征做士兵。他极力强调说，凭我的体格根本承受不了士兵生活。

“我已经做好思想准备了。”

“你不了解情况才这样说。不过，志愿日期已经截止，事到如今也只能如此了。这也是你的 destiny 吧。”他用明治[①]式的英语说道。

“什么？”我反问道。

“Destiny，这也是你的宿命啊。”他机械冷漠地重复了一遍，声音里却暴露出了老人特有的敏感——生怕别人看出他的苦口婆心。

① 1868 年是明治元年。

在这之前，我肯定在草野家见过这个弹琴的少女。但和额田家正相反，在清教徒式的草野家中，三个妹妹总是对客人礼貌一笑后便躲起来了。草野入伍的日子越来越近，我们两人轮流互访以慰惜别之情。琴声让我在他妹妹面前变得拘谨起来。就像知道了她的小秘密，我不敢正面凝视她，也不敢跟她主动攀谈。碰上她端茶来的时候，我只盯着看她的玉足，它们轻盈而敏捷地在我面前走动。当时女性流行穿扎腿式劳动服或长裤，我很少有机会看见女性的大腿，也许是这个原因，这双玉足的美深深打动了我。

这样一写，难免会让人觉得我从她的玉足上感受到了肉欲，但并非如此。正如我多次所说，对于异性的肉体，我缺少任何明确的想法，我对女性的裸体没有任何欲望就是最好的证明。尽管如此，我却认真思考着对女性的爱，而当前面提到的令人讨厌的疲惫袭来，妨碍我“认真思考”时，我会很高兴地认为自己是个理性主义者，把自己冷淡又没常性的感情当成是男人厌倦了女人的表现，这甚至还使我想装成熟的炫耀之心得到了满足。这个心理过程牢牢固定在我心中，就像糕点铺里的机器一样，只要投入一角钱的硬币，奶糖就会滑出来。

我以为没有任何肉欲也可以爱上女人。这大概是人类有史以来最荒唐的企图了，我自己却没有意识到，一心想做哥白尼，去翻转爱的教义（这种夸张的说法是我的天性，敬请宽恕）。因此，我无意中理所当然地相信起柏拉图式的恋爱了。这看似和之前的叙述相矛盾，不过我是真心实意地按着字面在精神上相信的。或许，我相信的对象不是这个概念，而是纯精神本身？我发誓效忠的，也是纯精神本身吧？这是后话了。

有时，我看起来似乎又并不相信柏拉图式的恋爱。一是因为尽管缺乏肉欲，我的大脑却时常被肉欲的观念所吸引；另外则是因为我假装成熟时，会感到一种人为的疲惫。可以说，这全来自我的不安。

战争的最后一年，我二十一岁。新年伊始，我们大学的学生被动员到M市附近的N飞机工厂参加劳动。百分之八十的学生当了工人，剩下百分之二十体弱的学生从事事务性工作，我属于后者。不过，由于我通过了前一年的体检，被列为第二乙种合格，所以还是随时有可能收到征兵的命令，也许就近在今天或明天。

这座巨大的飞机工厂位于黄尘飞扬的荒凉之地，横穿一次就得花上半个小时，动员了数千名工人在此劳动。我也在其中，编号四四〇九，临时职工第九五三号。这座大工厂的生产和建设费用来源神秘，根本不考虑资金回收，完全被献给了巨大的虚无，每天早晨都要进行神秘的宣誓。我从未见过如此奇怪的工厂：现代的科学技术、现代的经营方法、众多优秀的头脑、精密合理的思维，这一切都奉献给了一样东西，那就是“死亡”。这座大工厂专门生产供特攻队用的零式战斗机，它本身就像一种阴暗的宗教，在鸣动、呻吟、哭泣、怒吼。我想，若没有某种宗教式的狂热，这种庞大的机构也绝不会被建起，连董事们中饱私囊都带有宗教色彩。

时而响起的空袭警报，宣告了这邪恶宗教的黑弥撒时刻的到来。

办公室人员变了脸色，乡音浓重地问道：“什么情况？”这房间里没有收音机，所长室的女办事员前来紧急报告：“敌方数队来袭。”纷乱中，扩音器里传出嘶哑的声音，命令女学生和国民学校[1]儿童转移。救护人员负责分发印有“止血　时　分”的红色货签似的牌子。有人负伤，止血后就在牌子上填好时间，挂在胸前。警报响后大约十分钟，扩音器播出了“全体转移”的命令。

① 1941 年到 1947 年间日本的初等普通教育机构。

办事员们抱着装有重要文件的盒子，急忙跑向地下保险库，将东西放好后，争先恐后地跑回地上，加入到戴着钢盔或防空头巾的人群中，穿过广场向正门奔涌而去。正门外是黄土平原，一片荒凉的不毛之地。七八百米外平缓丘陵上的松林里，挖了无数防空壕。沉默、烦躁而又盲目的群众队伍在尘土飞扬中分成两路向那里奔去。好歹不是奔向“死亡”，尽管那只是容易坍塌的小小的红土洞，只要不是奔向“死亡”就好。

一天，碰巧我放假回家。晚上十一点，我在家中接到了征兵令。电报命令我二月十五日入伍。

像我这样体格孱弱的人，在城市里并不稀奇，所以此前父亲出主意让我回农村老家体检，这样我孱弱的体格会比较突出，有可能免于被征。于是，我在近畿地方的老家H县接受了体检。农村青年们可以把一袋米轻而易举地举起十次，我却连齐胸都举不到，被检察官笑话了一通，但最后还是被列为第二乙种合格。如今接到征兵令，我必须到粗野的乡下部队入伍。母亲悲伤痛哭，父亲也十分沮丧。刚接到征兵令时，我自己也有些不情愿，不过一想到轰轰烈烈死去的愿望有可能实现，又释然了不少。然而，在前往入伍的火车上，我在工厂时患的感冒越发严重了。自祖父破产以后，我们在老家一坪[①]土地都没有了，当我到达世交的朋友家里时，高烧得站都站不稳了。不过，在这家人周到的照顾下，特别是喝下大量退烧药后，随着药力生效，我姑且得以在声势浩大的欢送之下，走进了营门。

被药物压下的热度又抬头了。入伍检查时，我们就像牲口一样被脱个精光，转来转去。我连打了几个喷嚏。经验不足的军医把我支气管里的呼哧声误诊为罗音，而我胡诌的病情又和他的误诊相符，那人便给我查了血沉。感冒引起的高烧恰好造成了高血沉，于是我被诊断为肺浸润，被命即日返乡。

一出营门，我拔腿就跑。冬日荒凉的下坡路一直延向村庄。就像在飞机工厂时一样，我的脚，好歹不是奔向“死亡”，只要不是奔向“死亡”就好。

夜行列车上，我一边尽量避开从车窗玻璃破口处吹进的风，一边忍受着高烧引起的寒战和头痛的折磨。我问自己，该回到哪里去呢？回到东京的家里？那里有万事优柔寡断的父亲，还没有轮到疏散，就已经整日惴惴不安。回到那个家所在的都市里？那里充斥着阴暗与不安。回到那群人中去？一个个瞪着牲

①日本计量面积的单位，1坪约为3.3平方米。

口般的眼睛，忙着彼此探问：“不要紧吧？不要紧吧？”或者还是回到那座飞机工厂的宿舍？那里挤满了患肺病的大学生，一个个表情麻木。

我靠在椅背上，背后本就松动了的靠板接缝处随着火车的震动也跟着活动。我闭上眼睛想象着，恰好我在家时全家被空袭炸死。这一空想让我产生了一种难以名状的厌恶感。日常生活与死亡紧密联系在一起，再没有什么比这更让我感到莫名厌恶的了。据说连猫临死前都会躲起来，因为它们不愿让人看见自己的死相。而在我刚才的想象中，自己在目睹家人惨死，家人也看着我死去。这种情景，想一想都觉得恶心。一想到死亡的阴影笼罩全家，行将死去的父母、儿女彼此交换着眼神，眼中充满彼此对死亡的共鸣，在我看来，这分明是对一家团圆之乐的恶意翻版。我希望在不认识的人中愉快地死去，这和埃阿斯[①]的希腊式想法又有所不同。他希望的是在众人瞩目之下死去，而我所寻求的是一种顺其自然的自杀，就像一只不够狡黠的无知的狐狸在山边大摇大摆散步时被猎人枪杀。我寻求的是这样一种死法。

①希腊神话中的英雄，与奥德修斯争夺阿喀琉斯的盔甲时败在奥德修斯的口才之下，发疯后砍杀羊群却还以为是在复仇，清醒后不堪羞耻而自杀。

既然如此，军队不是很理想吗？不正是我所希望的吗？我为什么要那样竭尽能事地对军医撒谎呢？说什么半年来一直持续低烧，肩膀酸痛得难以忍受，咳血痰，昨天夜里还出了一身虚汗（当然喽，服用了阿司匹林嘛），诸如此类。为什么被宣告即日返乡时，一股微笑的力量涌向面颊，费了好大劲才勉强得以掩饰？为什么一出营门就狂奔起来？不应该是因希望落空而垂头丧气、双脚无力，拖着沉重的步伐离开吗？为什么没有这样呢？

我清楚地知道，前方并没有一个“生”伫立在那里，值得让我从军队所意味的“死”中逃离出来。所以，我无法理解是什么力量让自己如此那般飞奔出营门。难道我还是更想活着？并且是出于下意识的活法，就像气喘吁吁地跑进防空壕的瞬间一样。

突然，我的另一个声音开口了：“我从来就不曾真的想死，一次也不曾。”这句话解开了羞耻的绳结。尽管说出来很痛苦，但我终于明白了。说什么我对军队所希望的仅仅是死亡，那根本是假的。我对军旅生活真正期待的是感官刺激。而支撑这期待的，是“只有我决不会死”的确信，是一种人人都有的、原始的、巫术般的盲信。

然而，我却极不喜欢这样的想法。我喜欢把自己想成被“死亡”抛弃的人，一个想死却被死亡拒绝的人。我喜欢集中每一根神经，像局外人一样冷漠地凝视这奇妙的、被拒绝的痛苦，就像外科医生做手术时处理内脏那样。我的心从中得到快乐，程度之甚近乎邪恶。

我们学校与N机场发生了冲突，匆匆决定在二月底前撤回全体学生，三月份开课一个月，四月初再派往别的工厂。二月底，成千架小型飞机来袭。大家心里都清楚，三月开课，必定有名无实。

于是，我们在战事最激烈的时候得到了一个月的假期。只是这假期没有任何用处，好像已经发潮的焰火。然而，比起一袋未必管多大用的干面包，发潮的焰火这类礼物更让我开心。这是只有大学这种地方才能给的愚蠢的礼物。在这个时代，没有用处本身就是件了不起的礼物。

我感冒痊愈数日后，草野的母亲打来了电话，说草野所在的部队驻扎在M市附近，三月十号将首次允许亲友探望，问我是否一起去。

我答应了。

不久，我到草野家去商量这件事。当时通常认为从傍晚到晚上八点钟左右是最安全的，我去时，草野家刚用过晚饭。草野的父亲已经过世了，母亲带着三个女儿。她们请我到被炉旁一起坐下。母亲介绍了那个弹钢琴的少女，原来她叫园子，和钢琴名家I夫人同名。于是我拿她之前弹的曲子开了个玩笑，略带揶揄。在被遮住的电灯昏暗的光线下，十九岁的少女涨红了脸，没有说话。她穿着一件红色的皮夹克。

三月九日早晨，我在草野家附近的车站走廊上等他们一家人。由于强制疏散，铁路对面成排的商店开始被拆，我清楚地看到了每个细节。木头折断时发出新鲜的脆响，划破了早春清冽的空气。拆毁的房子上，有的地方还能看到耀眼的新木纹。

早上还有些冷。这几天一直没有响警报，越来越清新通透的空气如同紧绷着的、露出危险崩溃迹象的游丝，似乎马上就会爆开，又如轻轻一拨即会发出高雅音色的琴弦。这让人联想到音乐响起前瞬间的静寂，蕴含着丰富的虚空。就连射在无人站台上的冷冷的阳光，也在音乐的预感中震颤。

这时，身穿蓝色大衣的少女从对面的台阶走了下来。她牵着小妹妹的手，一级一级，护着小妹妹慢慢挪着脚步。十五六岁的大妹妹虽然不耐烦，却也并不先快走下去，而是故意沿着冷清的台阶走着“之”字。

园子似乎没有注意到我，但我却把她看得清清楚楚。有生以来，我从未在女性身上感受到如此令我心动的美。我心潮澎湃，涌起一种圣洁的感情。我这样写，读了前文的读者也许不会相信，因为没有任何具体的东西可以把这次心潮澎湃与之前对额田姐姐刻意而为的单相思区别开来；而之前那些毫不留情的剖析，这次也没有理由忽略过去。若是读者不信，我的写作根本就没有意义了，因为读者会以为，我写下的内容仅仅是我想这样写这一欲望的产物，只要自圆其说，就万事OK。然而，记忆中正确的那一部分却在告诉我，这次有一点和之前完全不同。那就是悔恨。

园子在走到还剩下两三级台阶的时候才发现我，她露出了笑容，冻红的双颊通透水灵。稍沉的眼皮略显困倦，但黑眼珠大大的眼睛却熠熠生辉，像是想说些什么。她把小妹妹交给十五六岁的大妹妹后，沿着走廊向我跑来，那袅娜的姿态就像光束在摇曳。

我看着她跑来，就像是迎接清晨的到来。我并没有像少年时起一直以来那样，强迫自己把她当作拥有肉体属性的女子来看。要是那样，我只要以虚伪的期待来迎接她就可以了。然而，让我为难的是，我的直觉让我在她身上找到了另一种东西。那是一种深沉而虔诚的感情，我配不上园子，却不是卑微的自卑感。看着园子每一瞬间都在向我靠近，我感受到一种难以形容的悲伤。这是一种前所未有的感情。我存在的根基因这悲伤而动摇。此前我看女人时的感情都是儿童的好奇心加上虚假的肉欲，就像人工合金。从没有像这次这样，从第一眼就感受到如此深度的悲哀，无法解释，且绝不是伪装的一部分，深深震撼了我的心。我认为这是一种悔恨。但，到底有什么罪恶让我有悔恨的资格呢？虽然这么说明显有矛盾——也许悔恨可以先于罪恶存在？或是对自己存在本身的悔恨？是她的身姿唤醒了这悔恨？也许，这正是罪恶的预感？

园子已经站在我的面前，我无法逃避。因我一副茫然之态，已经开始鞠躬的她又重新大幅度鞠了一躬。

“让您久等了吧？母亲，还有祖母大人（她用词有些怪异，红了脸）还没有准备好，可能要晚些到。再等一会儿（她谨慎地换成敬语重说了一遍）——请您稍候，还不见来的话，我们就先去U站，好吗？”

她结结巴巴说了这几句话后，深深喘了口气。园子是个身材修长的姑娘，个头已到我额头，上半身优雅匀称，有一双美丽的长腿。没有化妆的稚气的圆脸，就像纯洁灵魂的肖像，不知脂粉为何物。嘴唇略有皲裂，唇色反而因此看上去更加鲜明。

接着，我们闲聊了几句。我极力显得开朗活泼，极力扮演一个足智多谋的青年。然而，我却讨厌这样的自己。

电车好几次停在我们身旁，又发出迟缓的嘎吱声驶去了。在这站上下车的客人不多。每次停车的时候，照在身上的惬意的阳光就被挡住了。但每当电车开走，和煦的阳光重回脸颊，都会让我战栗。身体沐浴在充足温暖的阳光下，心灵沉浸在一无所求的时刻中，这让我感到仿佛有一种不祥的预兆，比如几分钟后就会突然发生空袭，我们被当场炸死，一定是这样的不祥的前兆。我心里一直觉得，我们不值得拥有哪怕是细微的幸福。反过来说，我已经染上了一种恶习，把小小的幸福都当作恩典。这就是和园子有一搭无一搭的交谈给我心里带来的感受。园子也一定被同样的力量所支配着吧。

在U站杂沓的人群中，我们被大庭先生叫住了，他是去探望和草野同在一个部队的儿子。这位坚持戴礼帽穿西装的中年银行家还带着女儿。这女孩同园子相识，远不如园子漂亮，不知为何这让我感到高兴。这是一种什么样的感情呢？我发现，园子握着女孩的双手亲热地甩动时，那天真烂漫的撒欢儿模样透出安详宽容，那是美丽的特权，也让她看上去比实际年龄略显成熟。

车厢空荡荡的，我和园子恰巧在车窗边面对面坐了下来。

大庭先生家包括一名女佣在内一行三人，我们这边六个人也总算到齐了。总共九个人，坐在一排的话，正好多出一人来。

不觉间，我已经迅速地心算出来，园子可能也算到了，我们两人面对面坐稳后，淘气地交换了微笑。

由于座位分配的计算太复杂，大家默认了我们这座小孤岛。礼仪上来讲，园子的祖母和母亲应该和大庭父女相对而坐，园子的小妹妹还小，立刻选了一个既可以看见母亲的脸又可以看见窗外景色的座位，她的小姐姐也跟着她一起坐了。于是那里的座位就成了大庭家女佣照顾两个早熟的小女孩的战场。破旧的椅背把他们七人与我和园子隔开了。

火车还没有启程，大庭先生就喋喋不休地讲开了。他低沉的女人般的絮叨，断然剥夺了别人的一切权利，别人只能随声附和。就连草野家絮叨的代表——心态年轻的祖母，这时也呆若木鸡，我们隔着椅背都感觉到了。园子的祖母和母亲除了“是啊，是啊”地应声，就只剩下在关键时刻笑一笑了。至于大庭先生的女儿，则一声不吭。不一会儿，火车开动了。

火车驶出车站后，阳光透过污秽的窗玻璃，落在凹凸的窗框上，也落在我和园子盖着大衣的膝盖上。她和我都一言不发，侧耳静听邻座的谈话。她的嘴角时而浮现出一丝微笑，并立刻传染给了我。每当这时，我们的视线总会碰在一起。然后，园子就会避开我的视线，又去静听邻座的声音，她的目光炯炯有神，无所顾忌又带着几分淘气。

“我死的时候也要穿成现在这样。穿着国民服和绑腿裤去死，我是死不瞑目啊。我也不会让我女儿穿长裤的，死了也要打扮得有个女孩子的样子，这才是做父母的慈悲呀。”

“是啊，是啊。”

“话说，你们疏散时要搬行李的话，请告诉我一声，家里没个男人，总有些不方便，需要帮忙尽管告诉我。”

“那真是麻烦了。”

“我们银行租下了T温泉的仓库，员工的行李都放在那儿了。应该是万无一失的。钢琴什么的都可以放。”

“那实在是麻烦了。”

“话说，贵公子部队的长官是个好人，太幸运了。犬子的长官据说会克扣家属探望时带去的食物。这样就跟海那边没什么区别了。听说探望日的第二天，长官得了胃痉挛呢。”

“哈哈哈！”

园子唇边又挤出笑容，似乎有些不安。她从手提袋里掏出文库本来。我对大庭先生略感不满，而那本书的书名让我很感兴趣。

“是什么书？”

她一边笑，一边把书像扇子一样打开，将封面举到我眼前让我看。上面写着“水妖记”，括号里写着德语“Undine”。

背后传来椅子的响动，有人站起来了，是园子的母亲。她似乎打算去制止小女儿在座位上又蹦又跳，并趁机从大庭先生的喋喋不休中逃离。不只如此，她把淘气的小女孩和那个早熟的小姐姐带到我们的座位，说道：“来，让这两个小淘气鬼加入你们吧。”

园子的母亲是位优雅的美人，她谈吐文雅，间或报以微笑，温柔得甚至让人觉得痛心。就在讲这些话时，露出的微笑也似乎有几分伤感的担心。园子的母亲离开后，我和园子的视线不经意间碰在一起。我从上衣口袋里拿出记事本，撕了一页下来，用铅笔这样写道：

你母亲很介意哪。

“什么？”

园子把头侧着探了过来，头发散发出孩子特有的清香。她读罢纸片上的字，脸红到了后脖颈，低下头去。

“怎么样，是这样吧？”

“哎呀，人家……”

我们的视线再次相交，心意相通，我感到自己的脸颊也在燃烧。

“姐姐，那是什么？”

小妹妹把手伸了过来。园子迅速地把纸片藏起。而大妹妹甚是不悦，脸绷得紧紧的，夸张地责备起小妹妹来。由此可见，她已经明白了这一切所包含的意味。

这么一来，我和园子反倒可以自然地聊天了。园子聊她的学校，聊她读过的几部小说，还聊她哥哥的事情，而我则总是立刻把话题引向一般情形。这是诱惑术的第一步。我们聊得兴起，竟至完全忽视了两个妹妹，她们都已回到原来的座位去了。园子的母亲窘迫地笑着，重新把这两个不大管用的监管员带回到我们身边。

当晚，我们一行人在草野所在部队附近的M市的一家旅馆安顿下来，这时已临近就寝时间，大庭先生和我被安排在同一个房间里。

只剩下我们两个人了，这个银行家开始露骨地发表他的反战言论。那时已是一九四五年的春天，人们聚在一起就会谈起反战，我早就听腻了。他压低嗓门滔滔不绝地谈起一家贷款客户——某大型陶器公司正在筹划大规模生产家用陶瓷器，表面上打着弥补战祸损失的旗号，实际上是在押宝和平时代即将到来。他又谈到貌似政府已向苏联提出媾和等等，简直让我难以忍受。我很想单独思考些事情。他摘下眼镜，略显肿胀的脸隐没在台灯熄灭后留下的阴暗中，随后发出了两三声纯朴的叹息，声音缓慢地传遍了整个被窝，然后终于打起鼾来。缠在枕头上的新毛巾扎着我发热的脸颊，我陷入了沉思。

每当我孤单一人时，令我害怕的阴郁的烦躁就会袭来。再加上今早遇见园子时感到的那种悲伤，那种足以撼动自己存在根基的悲伤再一次鲜明地涌上心头，揭开了我的虚伪。一天来，我的一言一语、一举一动，无一不是虚伪。而最痛苦的，是纠结于这一切是否都是虚伪。相比之下，把一件事情明确地断定为虚伪并没有那么痛苦。所以，几时起，特意揭穿虚伪的做法倒让我更觉轻松。对人之为人的根本条件、人的心理的基本结构，我一直抱有一种执拗的不安，这一次，这种不安再次把我的内省导向没有结果的循环。别的青年会怎样感受呢？正常人又会怎样感受呢？受这种强迫观念所煎熬，我原本确信得到的那一丁点幸福感也瞬间消失得无影无踪。

早期的“表演”已经化为我心理结构的一部分，已不再是表演。企图将自己伪装成正常人这一意识，已经侵蚀到我原本拥有的正常部分，使得任何事情我都要对自己说，那只不过是伪装出来的正常而已。反过来说，我渐渐成了只相信虚假东西的人。即，我从开始就认定，自己内心对园子的亲近是虚伪，这实际上说明，我希望这种感情是真实的爱。前者戴着假面把后者表现了出来，于是，我连否认自己都无法做到了。

我翻来覆去，终于蒙眬欲睡时，那熟悉的、不祥的却又充满蛊惑的轰鸣声划破了夜空，传了过来。

“是警报吧？”

银行家的警觉吓了我一跳。

“也许吧。”

我含混地应了一声。隐约可闻的警报声持续不断。

因为部队会客时间早，我们一行人六点就起床了。

“昨晚警报响了吧。”

“没有呀。”

在盥洗室里互道早安时，园子板起一副严肃的面孔否定道。回到房间后，这可成为妹妹们取笑园子的好材料了。

“只有姐姐你不知道！好奇怪啊。”小妹妹也跟着起哄。

“连我都醒了呢，听到姐姐鼾声震天。”

“是呀！我也听见了。不过姐姐鼾声太响，连警报也听不清楚了。”

“瞎说，你们倒是拿出证据来啊。”因为当着我的面，园子脸憋得通红。

“撒这种弥天大谎，后果很严重哦。”

我只有一个妹妹，从孩提时就憧憬姐妹多的热闹家庭。这种半开玩笑、闹闹哄哄的姐妹争吵，在我眼里就是世上最实在鲜活的幸福景象，却也同时唤起了我的痛苦。

早餐时，话题一直围绕着昨晚的警报，这大概是进入三月以来头一次拉响警报。大家都想得出这样的结论——昨晚只是警戒警报，最终没有拉响空袭警报，说明没什么大不了的。而我则觉得无所谓。我曾经想过，假如我不在家时家被烧得精光，父母兄妹都被炸死，也算落个干净利落。我不觉得这想法有多冷酷无情，因为但凡想象所及的事情，几乎每天都在发生，而且发生得那么轻描淡写，倒是显得我们的想象力如此贫乏。比如说，比起想象银座商店里陈列成排的洋酒瓶或银座夜空中闪烁的霓虹灯，想象全家都被炸死实在是容易得多，可以说是轻而易举。所谓自然的想象力，纵使内容冷酷，但与心灵的冷酷无关，仅仅是一种怠惰的精神的表现而已。

昨晚独处时的我满腹悲情，而今晨走出旅馆时的我已经判若两人，一副轻浮的骑士派头，抢着给园子拿行李，而且故意在人前展示。这样一来，她对我的距离感就被翻译成对其祖母和母亲的顾忌，结果她自己也被进一步误导，真心以为我和她已经亲密到需要顾忌祖母和母亲的程度了。这个小策略奏效了。园子将皮包交给我后，好像要解释什么似的，没再离开。尽管有同龄的伙伴一起，园子却没有跟她说话，只顾与我攀谈。对此，我时不时地会感到不可思议转而凝望着她。早春的逆风夹杂着尘土，吹散了园子那近乎哀切的天真无邪的娇美声音。我穿着大衣，上下晃动着肩膀，掂量着她皮包的重量。一种类似嫌犯所感到的愧疚之感盘踞于我内心深处，皮包的重量勉强可以为其辩护。刚到市郊，祖母第一个叫起苦来。银行家折回车站，不知用了个什么巧妙的手段，不一会儿便为我们一行人雇了两辆小轿车回来。

“嗨，好久不见。”

我握住草野的手，感觉就像摸到了伊势龙虾一样，不由得想要往回缩。

“你的手……怎么了？”

“嗯，吓到你了吧。”

他身上散发出新兵特有的气质，凄冷而又招人怜爱。他将双手合拢，伸到我的面前。尘土和油垢下满是皲裂和冻疮，硬硬的像虾壳一般，看上去让人心疼。而且，这是一双潮湿冰冷的手。

这双手对我造成的威胁，其性质同现实对我的威胁是完全一样的。我本能地对这样一双手感到恐惧。其实，我感到恐惧的不是这双手本身，而是这双无情的手里藏着的一种东西，它直击我的内心，控告我，弹劾我。我惧怕的是，唯独在这双手面前任何东西都不能作假。这样一想，园子的存在就具有了意义，她是我柔弱良心的唯一铠甲，帮我抵挡这双手带来的恐惧。我感到自己无论如何必须爱她。这成为横亘于我内心最深处的责任，比往常内心深处的内疚隐藏得更深。

草野对此一无所知，天真地说："洗澡时，用这手一搓，连搓澡巾都省了。"

他的母亲轻轻叹了口气。我感到自己既多余又厚颜无耻。园子若无其事地抬头看着我。我垂下头来，荒谬的是，我心里总觉得哪里对不起她。

"到外面去吧。"

草野有点不好意思，粗鲁地推了推祖母和母亲的脊背。在营房大院露天的枯草地上，各家家属围着自家的预备士官坐成圆圈，给他吃好吃的东西。遗憾的是，无论怎么揉眼睛，我也看不出这情景有什么美好。

不一会儿，草野也同样盘腿坐在圆圈的中央，嘴里塞满了西式点心，东张西望，并指了指东京方向的天空。从这片丘陵地带眺望，远处是一片荒原，荒原的尽头是 M 市所在的盆地，更远处低矮的山峦间的缝隙中露出的就是东京的天空。早春冰冷的云在那一带落下了稀薄的阴暗。

"昨晚那边天空一片通红，肯定是出大事了。你家还保不保得住，都说不准。整片天空都染红了，可能和以往的空袭完全不一样。”

草野咄咄逼人，一个人喋喋不休，他还说如果祖母和母亲不尽快疏散，他每晚都无法安眠。

“知道了。奶奶保证尽快疏散。”

祖母不甘示弱地说罢，从和服腰带间掏出一个小笔记本和一支牙签般细小的银灰色自动铅笔，仔细地记下了些什么。

回程的火车上气氛沉闷。约定在车站集合的大庭先生也判若两人，沉默不语。大家都成了感伤的俘虏，平时隐藏在内心深处的骨肉之情被翻了上来，灼痛不止。大家以一颗毫不掩藏的赤裸之心与自己的儿子、兄长、孙子、弟弟见面，除此之外别无他法可以显示真情，结果却发现这也只不过是在展示彼此流血的伤口，空虚无益。而我，则一直被那双可怜的手的幻影所纠缠。掌灯时分，我们乘坐的火车到达了O站，我们要在那里换乘国营电车。

我们头一次目睹了受到昨晚空袭危害的明证，天桥上全是受害者，他们裹着毛毯，露出一双双眼睛，确切地说，只是一双双眼球，仿佛什么也没看、什么也没想。一位母亲摇晃着她膝盖上的孩子，仿佛打算永远就这样同一幅度摇下去。而靠在行李上睡着的姑娘，头上还戴着烧焦了一半的假花。

我们一行人从他们中间穿过，没有一个人投来责备的目光。我们被抹杀了。只因为我们没有与他们共罹不幸，我们的存在理由就被抹杀，被看作影子一般。

尽管如此，我心中仿佛有什么东西开始燃烧。眼前这些不幸的人赋予了我勇气与力量。我理解了革命带来的兴奋。他们眼睁睁地看着曾经的一切被大火吞噬——人际关系、爱憎、理性、财产，而这些曾决定他们是谁。那时，他们不是同大火做斗争，他们是同人际关系做斗争，同爱憎做斗争，同理性做斗争，同财产做斗争。他们犹如遇难船只的船员，一个人为了活下去，可以去杀掉另一个人。为了拯救情人而死去的男人，不是被火烧死的，而是被情人杀死的。为了拯救孩子而死去的母亲，也正是被她的孩子所杀。在这里交战的，是人之为人的最普遍的、最根本的条件。

在他们的身上，我看到了疲惫的痕迹，那是经历了一场惊天大戏留下来的。我身上迸发出一种热烈的信念。在那短暂的瞬间，我感到我对人之为人的根本条件所抱有的不安被彻底拂去了。我一心想要大声疾呼。

如果我拥有更强的自省能力，更富有睿智，也许就能够对这些根本条件进行更深入的分析。然而滑稽的是，一种热切的梦想把我的胳膊引向了园子的腰间。也许，这个细微的举动已经在告诉我，爱这一惯称已经毫无意义。就这样，我们先于一行人快步穿过了昏暗的天桥。园子也一直沉默无语。

然而，当我们在明亮得不可思议的国营电车里会合并彼此对望时，我发现园子的眼睛闪着乌黑而柔和的光，她凝望着我，眼神中透着一股迫切。

我们换到了市内环线，这里百分之九十的乘客都是难民，弥漫着更加明显的火药味，人们炫耀般的高声谈论着自己的逃难过程。他们就是“革命”群众。因为，他们都是抱着辉煌、充沛、意气冲天又心花怒放的不满的群众。

我在S站和大家道别，把园子的皮包还到了她手上。回家的路上，漆黑中我不止一次想到那皮包已不在自己手上。于是，我意识到这皮包在我和园子之间起着不同寻常的重要作用。那是一种小小的苦役。为了不让良心浮上来，我需要秤砣或者说苦役的帮助。

家人对此全不知情，若无其事地迎接我的归来。东京真的很大。

两三天后，我带着答应借给园子的书前往草野家。二十一岁的男孩子为十九岁的少女选的小说，不用看题目也猜得出来。我在做平常人做的事情，这种喜悦对我别具意义。碰巧园子外出到附近去，很快就会回来，我就在客厅等待她归来。

这时，早春的天空如灰汁般阴沉下来，开始下雨。园子走进了昏暗的客厅，她在路上淋了雨，头发上雨滴闪烁。她瑟缩着肩膀，在长椅上的漆黑一隅坐了下来。她的嘴角浮出微笑。在黑暗中，红色夹克衫下的两团柔软突显出来。

我们怯生生地、零星地交换着只言片语。这还是我们俩第一次有机会独处。我意识到旅途中两个人之所以能够在火车里轻松地对话，十有八九是因为旁边有人聊天，还和妹妹们在一起。像那次将写着一行情书的纸片亲手递给她的勇气在今天都消失殆尽了。比起那时，我变得谦逊多了。不管束自己，我会不小心诚实起来的。而此时在她面前，我并不害怕暴露本来的自己。难道是我忘记了表演？忘记了按之前的模式扮演一个正常人来恋爱？不知是不是这个缘故，我觉得自己没有爱着这个鲜活的少女。尽管如此，我的心情是放松的。

骤雨初歇，夕阳射进室内。

园子的眼睛和嘴唇熠熠发光。这美丽被翻译成我自己的无力感，压在我的身上。而这种痛苦的思绪反让我觉得她的存在是虚幻的。

“就说我们吧，”我开始说道，“也并不知道能活到什么时候。假设现在警报响起，那飞机上装载着的炸弹也许就会击中我们呢。”

“那该多好啊！”她摆弄着身上穿的苏格兰斜纹呢裙的褶皱，一边说一边抬起头来。她那细碎的汗毛泛着光，仿佛给她的脸颊镶了一层边。“怎么说呢，我们这样在一起的时候，如果无声飞机飞来投下炸弹就好了。你不这样想吗？”

这是说话人园子自己也没有察觉到的一种爱的表白。

“唔，我也这么想。”

我一本正经地回答。

这回答确确实实扎根于我最深层的愿望，园子对此无从得知。然而细想一下，这种对话着实滑稽至极。如果世界和平，若非彼此挚爱，是绝不会出现这种对话的。

“生离死别，实在让人生厌啊。”我故意以讽刺的口吻说道，以掩饰自己的难为情，“会不会经常有这种感觉？在这样的时代里，别离司空见惯，相聚却是奇迹……细想起来，咱们能这样谈上几十分钟，或许也是个相当大的奇迹呢……”

“是啊，我也……”她似乎想说些什么，却把话咽了回去，尔后又以非常认真的、平静而让人舒适的语调说道：“刚刚见面，马上又要分手了呢。祖母急着疏散到乡下去。前天一回到家里，她立即就给住在N县某村的伯母发了电报，今天早晨就接到了伯母的长途电话。祖母电报里请伯母代找房子，伯母回话说，眼下房子很难找，让我们疏散到她家去，她说这样热闹开心。祖母马上就说，这两三天我们就搬去。真是太性急了。”

我内心受到了打击，程度之大自己都感到吃惊，一句话都答不出。和园子一起，我非常放松，这让我不觉中产生了一种错觉：**一切会保持着当下的状态不变**，两人将永不分离。从深层意义来说，这于我是双重的错觉。她告别的话语，也宣告了眼前幽会的徒劳，揭露了当下的喜悦只不过是一种假象，打碎了我那幼稚的错觉——以为这一切可以永恒；同时我醒悟到，即使别离没有匆匆而至，男女关系本身也不允许一切保持当下的状态不发生变化，这种醒悟也破坏了我的另一个错觉。我因醒悟而痛苦。为什么就不能维持当下的状态呢？这个从少年时代起就问过几百遍的问题，现在又回到了我的嘴边。为什么非得破坏一切，为什么非得使一切都发生变化，为什么一切只能任其流转？是什么让我们必须承担这种奇怪的义务呢？难道这种极其不愉快的义务就是人世间所谓的“生”吗？或者只是对我来说才是一种义务吗？至少，有一点毫无疑问，那就是只有我才感到这种义务是一种沉重的负担。

“哦，你这就要走了……当然，就算你留在这个地方，我不久也得走……”

“你要到哪儿去？”

“三月末或四月初，我又要住进一家工厂啦。”

“那很危险吧？要是有空袭……”

“是很危险。”

我自暴自弃地回答后，匆匆告辞了。

翌日一整天，我都在安逸悠闲中度过，因为我已经摆脱了必须爱她的义务。我高兴极了，时而放声歌唱，时而踢开可憎的《六法全书》[①]。

①日本收录主要的现行成文法（宪法、刑法、民法、商法、刑事诉讼法、民事诉讼法）及其他特别法律的书籍。

这种奇妙的乐观状态，整整持续了一天。入夜，孩子般的熟睡降临到我身上。但深夜响起的警报声又破坏了我的酣睡。我们一家人一边埋怨一边躲进防空壕，但什么事也没有发生。不一会儿，警报解除了。我在防空壕里迷迷糊糊地打了个盹，肩上挎着钢盔和水壶，最后一个走到地面上来。

一九四五年的冬天[1]迟迟不走。尽管春天像豹子似的悄悄而来，但是冬天依然像笼子一样微暗而顽固地阻拦在前面。星光下还能看到冰的闪烁。

我睡眼惺忪，望见在常绿树的树叶丛中，有星星点缀其中散发出暖意。夜晚咄咄逼人的寒气渗进我的呼吸。突然间，我无法遏制地感到我爱园子。我被不能同园子一起生活的世界对我来说一文不值这一观念所压倒。我内心深处发出这样的声音：如果能够忘却，就把它忘却了吧！但紧接着，悲伤就迫不及待地涌上心头，就像在清晨的月台上初见园子时一样，它使我存在的根基产生动摇。

我坐立不安，焦躁地直顿足。

尽管如此，我还是忍耐了一天。

第三天傍晚时分，我又去拜访园子。一个工匠模样的男人

①此处疑指 1945 年的早春。

正在门厅捆绑行李。他把沙地上的长方形盛衣箱似的东西先用草席包裹起来，再用粗绳子捆绑好。看见这情景，我深感不安。

园子的祖母出现在玄关。捆绑停当的行李在她身后堆积如山，只待运走，门厅里满地都是稻草屑。看到祖母露出的意外而迷惑的神情，我决定不见园子直接返回。

“请把这本书交给园子。”

我像书店的小伙计一样，又拿出两三本恋爱小说来。

“经常麻烦你，实在不好意思。”祖母这样说着，并没有要去叫园子的意思，“我们已经决定明晚搬到某村去。万事进展顺利，没想到可以提早出发。这房子已经借给T先生，成为T先生公司的宿舍了。真是舍不得走啊。我的孙女们刚跟你熟络了，高兴着呢。欢迎你到某村来玩。我们安顿下来以后就给你写信，请一定来玩啊。”

祖母不愧是交际家，一番话说得极其得体，听起来很舒服。不过，她的话不过是无机物的排列而已，犹如她那过分整齐的假牙一样。

“祝大家身体健康，生活愉快。”

我只能说出这么一句话，而无法说出园子的名字。或许是我的踌躇把园子给招来了，她的身影出现在里面的楼梯平台上。

她一只手拿着放帽子的大纸盒，另一只手抱着五六本书。在透过高窗投射进来的光线下，她的头发仿佛在燃烧。她一看见我，就大声喊道“请稍候”，吓了祖母一跳。

说完，园子就风风火火地折回到二楼去了，留下一串脚步声。望着愕然的祖母，我很是扬扬自得。祖母一边道歉说“屋里凌乱，净是行李，连个落脚地都没有，无法请你进来”，一边急匆匆地走进里面去了。

不一会儿，园子满脸通红地从楼上跑了下来。我呆立在门厅的一隅，一动不动。她不由分说，在我面前穿上鞋子，站起来说：“我送你。”这种高调的命令式语气，有一种令我感动的力量。我一边笨拙地摆弄着制服帽，一边凝望着她的举止，感到心中仿佛有什么东西突然停住了脚步。我们偎依着走出门厅，沿着沙石路默默朝大门口走着。突然，园子停住脚步重新系起鞋带，不知为什么，很久也没有系好。我先行走到了大门口，边眺望街道边等候。我没想到一个十九岁的妙龄少女会有这样可爱的一招——她想让我先走在前面一些。

园子的胸脯冷不防地从后面碰上我穿着制服的右臂。这一撞，就像汽车追尾一样，是一种偶然的精神恍惚所造成的。

“……那个……这个给你！”

一个硬硬的洋信封的一角扎了一下我的掌心。我差点像掐死小鸟一样把这信封攥碎。不知为什么，我有点不敢相信这封信的分量。我偷偷瞥了一眼攥在掌心里的充满女学生趣味的信封，就像在偷窥一个不被允许觊觎的秘密。

“过一会儿……请回家再看。”她轻语道，呼吸困难得仿佛被人胳肢了一样。

我问她：“回信寄到哪儿？”

“信里……写着哪……某村的地址。就请寄到那儿吧。”

说来奇怪，别离竟突然成为我的乐趣。这快乐就好像玩捉迷藏时，鬼一开始数数，大伙儿立刻四散躲藏开去的瞬间一样。我就是有这样一种奇妙的天分，任何事情都可以变成享受。多亏这种邪恶的天分，使得我经常把自己的怯懦误认为勇气。但是，对人生不做任何选择的人来说，这天分应该是所能得到的美好补偿。

我们在车站检票口处分手，甚至没有握一下手。

有生以来第一次收到情书，我欣喜若狂。等不到回家，也顾不上旁人的目光，我便在电车车厢里打开了信封。许多影绘卡片、教会学校学生喜欢的进口彩画卡片，险些纷纷散落出来。

其中夹着一张叠起来的浅蓝色信笺，画着迪士尼的狼和孩子的漫画，下方用习字似的工整字迹写道：

> 非常感谢你借书给我。我以莫大的兴趣拜读完毕。衷心祝愿你在空袭中也能健康平安。我到那边安顿下来以后，会再给你写信。我的地址是〇县〇郡〇村〇号。随函所附是些微不足道的东西，聊表谢意，务请笑纳。

唉！还以为是什么了不起的情书呢。刚刚还自以为是的欣喜若狂瞬间挫败下去，我脸色苍白，笑了起来，心想，才不会给你回信呢，那岂不变成给印刷的感谢信写回信了？

然而，在到家前的三四十分钟里，想写回信的这一起初就有的心理诉求，渐渐地开始为此前“欣喜若狂的状态”辩护了。不难想象，像她受的那种家庭教育，是不适合学习写情书的。因为是第一次给男人写信，怀着各种心思和期待，反倒无从下笔。较于这封无内容的信，她给我信时的一举一动已经传递出更丰富的内容，这是千真万确的。

突然，我又被另一种愤怒所控制。我对着《六法全书》撒气，将它朝房间的墙上扔去。我责备自己：怎么这么没出息！

面对一个十九岁的姑娘，居然热切地期待着对方来迷恋自己？为什么自己不干净利落地主动出击？我知道自己犹疑不决的原因在于那种离奇的、莫名其妙的不安。既然如此，又为什么去拜访她呢？回想一下，自己十五岁时，过的生活与年龄相符。十七岁时，也还凑合，与别人不相上下。可是，二十一岁的今天怎么样呢？同学说我二十岁就会死的预言未曾应验，而战死的愿望也基本落空了。好不容易熬到这个年龄，竟因同一个懵懂无知的十九岁少女的初恋，落得如此束手无策。呸，倒真是没白长大啊！二十一岁才第一次想同姑娘互换情书，你是不是把岁月给算错了？还有，都到了这般年龄还不识接吻的滋味，真是废物！

于是，又有另一种阴暗的声音执拗地揶揄我。这声音透着近乎激动的诚实，透着与我无关的人情味。声音连珠炮似的层层推进：是恋爱吗？这也未尝不可。但是，你对女人有欲望吗？你自我欺瞒，说只有对她才没有“猥琐的愿望”，是打算借此忘却你原本就不曾对任何女人有过什么“猥琐的愿望”吧。你有资格使用“猥琐”这个形容词吗？你有过想看女人的裸体之类的念头吗？你想象过园子的裸体吗？哪怕只有一次？像你这个年龄的男子，看见年轻姑娘就会控制不住地想象她的裸体。这不言而喻的道理，凭着你擅长的类推能力，想必你也心中有数。为什么要说这个呢？请你扪心自问，只要做稍许的修正，即可类推出来。昨夜你入睡之前，又一次重复你积年的旧习了吧？如果你说这就像是一种祈祷，那也可以。这种微不足道的邪教仪式，谁都难免会做的。就算是替代品，用惯了也不会不舒服。尤其是它还是立竿见影的催眠剂。然而，当时你心头浮现的，绝不是园子吧？都是稀奇古怪的幻影，每次旁观的自己都会吓得魂不附体。白天你在街上行走，总是直勾勾地盯着年轻的士兵和水兵看。这些小伙子都处在你喜欢的年龄，他们晒得黝黑，嘴角透着纯真，一看就是与知识无关的年轻人。只要一看到这样的小伙子，你就会立即目测他们的腰围。难道你打算从法科大学毕业就去当裁缝？你最喜欢的就是二十岁左右的无知年轻人那幼狮般的柔韧胴体。昨天一天，你在心中把几个这样的小伙子弄成裸体了？你心里总是备着采集筒，就像采集植物标本一样采集 Ephebe 的裸体回去，然后从中选出用于奉献给你那邪教仪式的牺牲品。你选中一个称心的人，之后的一切更让人目瞪口呆。你把牺牲品带到奇怪的六角柱旁，然后用秘密携带的绳子，把这个赤裸的牺牲品双手反绑在柱子上。你需要牺牲品极力地抵抗与嘶喊。然后，你诚恳地给牺牲品死的暗示。这样做的时候，一种不可思议的、纯真的微笑浮上你的嘴角，让你从口袋里掏出一把锋利的匕首来。你走近牺牲品，用刀尖轻轻地挑逗并爱抚他那紧致的侧腹皮肤。牺牲品发出绝望的叫喊，为了避开刀刃而扭动身体，因恐惧而心跳如鼓，赤裸的腿哆嗦颤抖，膝头相互碰撞。匕首重重扎进了他的侧腹。当然，是你在行凶。牺牲品身子弯成弓形，发出孤独的悲惨叫声，引起被扎伤的腹部肌肉一阵痉挛。匕首埋在起伏颤动的肌肉里，冷静犹如嵌于鞘中。血泉冒着泡沫涌了上来，流向光滑的大腿。

你的欢喜在这一瞬间才真正有了人性。因为，你认定的正常在这一瞬间正属于你。不管对象是什么，你的肉体从深处发情了。在肉体发情这一点上，你与其他正常男子别无二致。你的心因满腔原始的烦恼而摇曳，你的心找回了那属于野蛮人的深深的欢喜。你的双目熠熠发光，全身热血澎湃，洋溢着蛮族所有的各种生命特质。在 ejaculatio 之后，野蛮的赞歌在你体内留下了温暖，毫无男女交欢后的那种悲哀。你在放纵的孤独中闪耀，你在古老巨大的记忆长河中徜徉。这记忆是蛮族生命力所品尝过的极致的感动，因为某种偶然占据了你的性功能与快感，不留空隙。你到底在拼命隐藏什么？人生在世，有幸触及如此深切的欢喜，还要什么爱，什么精神？实在让人费解啊。

怎么样，不如干脆把你那怪异的学位论文告诉园子？题目是“Ephebe的躯干曲线与出血量的函数关系”，多么高深！总之，你选择的躯干是光滑、柔韧、饱满的年轻躯干，血液流下时会描绘出最细腻的曲线。这样的躯干，会为血潮预备出最美丽、最自然的路径——就像田野中流动的小河，就像被截断的古树露出的木纹，毫不造作。一定是这样的吧？

是的，就是如此。

虽然如此，我的自省本身却有着不可端倪的复杂结构，仿佛是一片细长的纸片，先扭一下再把两端粘在一起围成的圆圈。圆圈上朝外的那面渐渐变成朝里的，而本来朝里的一面慢慢变成朝外的。到底哪面算外，哪面算里，无法分清。这圆圈又像是我情感周期的轨道，后来这周期循环得越来越缓慢，但我二十一岁时，却是蒙住双眼在这圆圈上打转，加上战争末期兵荒马乱的末日感，旋转速度快得令我眩晕。原因、结果、矛盾、对立，根本无暇逐一去深入探究，矛盾就那样矛盾着，几乎还没看清楚就已经擦身而过了。

一小时以后，我就一心想着怎么给园子写一封巧妙的回信了。

不知不觉间，樱花已经开了。没有人有闲暇去赏花。全东京也只有我们学校、我们系的学生去看樱花吧，我想。从学校回家的途中，我在S池边漫步赏花，时而独自一人，时而跟两三个朋友一起。

不知为何，樱花看起来异常美艳。樱花树下不再有红白的帷幕、热闹的茶摊、赏花的人群、卖气球和卖风车的小贩，而这些可以说是樱花的衣裳。如今樱花在常绿树间纵情绽放，让人仿佛见到了花的裸体。大自然无偿的奉献、无益的奢侈，从未像这个春天这般美，甚至有些妖艳。我忧心忡忡，怀疑自然要再次征服大地了。毕竟，这个春天的绚烂实在非同一般。油菜花的黄、嫩草的绿、樱花树干水灵灵的黑、重压在树梢上沉闷如盖的粉，这些明艳的色彩在我眼中莫名地充满了恶意，仿佛是一场色彩的火灾。

我们一边辩论着无聊的法律问题，一边在樱花林荫路与水池之间的草坪上散步。我很是钟爱那时Y教授的国际法课带来的讽刺效果，他在空袭之下依然从容不迫，没完没了地讲授着什么国际联盟。对我来说，这与讲打麻将或下国际象棋没什么两样。和平！和平！这声音如同在远处响个不停的铃铛，只能把它当作耳鸣了。

“这是关于物权请求权的绝对性问题呀！”

皮肤黝黑的大个子乡下青年A说道。他的肺浸润已经很严重，所以没有被征入伍。

“算了，不说了。没意思。”

B拦住A的话头。他脸色苍白，一看就知道是肺结核。

“天上有敌机，地上有法律……呵呵……”我轻笑道，“至高之处有荣耀，地上有平安？”

只有我不是真得了肺病。我装作患有心脏病。那个时代，人必须有一样，要么有勋章，要么有病。

突然，樱花树下传来了用力踩踏杂草的声音，我们止住了脚步。而在杂草里走路的人看到我们，似乎也有些惊慌。那是个青年男子，穿着有些肮脏的工作服，脚蹬一双木屐。根据战斗帽下面留着的平头的发色来看，他应该是个年轻人；可那暗沉的脸色、稀疏邋遢的胡子、沾满油污的手脚、带着污垢的脖子又都显示出与年龄不相匹配的凄惨的疲惫。青年的侧后方是个年轻女子，低着头，好像在闹别扭。她头发全都低低地向后扎起来，穿着军绿色衬衫和碎花纹劳动裤。全身只有裤子崭新得有些奇怪。两个人无疑是征用工人，从工厂溜出来约会赏花。他们很惊慌，大概以为我们是宪兵。

这对情侣翻起眼珠厌恶地瞅了我们一眼，走过去了。我们也就没再聊下去。

樱花还没盛开，法学部又停课了，学生被动员到距S湾十几里[①]的海军工厂去劳动。舅舅家在郊外有一个小农场，母亲带着弟弟妹妹疏散到那里去了，东京家里只留下一个寄宿的学仆照顾父亲。学仆是个中学生，却很老成。家里没有米吃，他就把大豆煮一煮放在研钵里捣碎做成粥。那粥看着像呕吐物似的，他给父亲吃，自己也吃。家里的副食还有一点存货，他趁父亲不在的时候一样偷吃一点，让父亲看不出来。

海军工厂的生活很安闲。我担任图书管理员，也参加挖洞。我和一群来自台湾岛的少年一起给疏散来的零件工厂挖横式防空洞。这些十二三岁的小鬼是我最好的伙伴。他们教我台湾话，我给他们讲故事。他们确信他们的神明会保佑他们不遭空袭，而且总有一天会把他们送回故土。他们的食欲简直到了不合人伦的地步。一个机灵的小鬼趁厨房值班的人不注意，把大米和蔬菜偷出来，放很多机油做成炒饭。这美食泛着齿轮的味道，我谢绝了。

① 日本测量距离的单位，1里约为3.9千米。

不到一个月时间，我和园子的书信往来渐渐有了变化。在书信里，我无所顾忌，行为大胆。一天中午，听到警报解除的响声，我回到工厂，拿起桌上园子的来信，读着读着手颤抖起来。我在微醺中陶醉了，口中反复念着信里的一行字。

“……我想念你……”

不在彼此身边赋予了我勇气，距离给了我“正常”的资格。从某种意义上来说，我身上装备了临时雇来的“正常”。时空的阻隔使人的存在变得抽象。对园子全身心的倾慕，与之毫不相关的偏离常理的肉欲，这两者被抽象为同质的东西，它们在我心里合二为一，使我的存在毫无矛盾地在每一刻时间里定格。我非常自在。每日的生活愉快得妙不可言。传说敌人不久就会在S湾登陆，将这附近夷为平地。于是，对死亡的期待比先前更加逼近且浓重。在这种状态中，我真正地“对人生抱有希望”了！

四月下旬的一个星期六，我终于可以在外留宿一晚。我计划先回东京家里，从自己的书架上选几本书回工厂再看，然后直接去郊外母亲他们那里住。在回家的电车上遇到空袭警报，电车走走停停，我突然感到一阵恶寒袭来，头晕得厉害，全身燥热无力。多次经验告诉我，这是扁桃体炎的症状。一到家，我赶紧让学仆铺好床，倒头睡下。

没多久，楼下传来女子嘁嘁喳喳的说话声，那声音在我发烧的额头上响得刺耳。随即，我听见有人走上楼来，在走廊上小跑。我微微睁开眼，看到了大花图案的和服下摆。

“你怎么回事？这么懒啊！”

“哦，是茶子啊。”

“还‘哦’！都五年没见啦！”

她是一个远房亲戚家的女儿，叫千枝子，大家诙谐地唤她“茶子”[①]。她比我大五岁，我们上次见面还是她结婚典礼的时候。听说，去年丈夫战死后，茶子却变得非常开朗快活，甚至有些精神异常。看到她果然这样轻松快活，我也不便向她表示哀悼了。我愣在原地，一句话也没说，只想着她应该把头上那朵巨大的白色人造花拿掉。

“今天我是来找阿达的，”她直呼我父亲达夫的名字，“请他帮忙找地方疏散我家的东西。前几天我爸碰到了阿达，阿达说给我们介绍个合适的地方。”

“我爸今天要晚回来一会儿。这倒没什么关系。”她的嘴唇

①日语中，“千枝子”和“茶子”发音相近。

那么红，使我有些烦躁。也许是发烧的缘故，那红色刺痛了我的眼睛，让我头痛得更厉害了。“你……这时局，这样化妆出门，没人说你吗？”

“看不出来，你到了注意女人化妆的年龄啦？这么躺着，看上去像个刚断奶的孩子哟。”

“你可真烦。滚一边去！”

她故意靠了过来。我不想让她看到我穿着睡衣的样子，就把被子往上拽，一直拽到了脖子。突然，她的手掌贴到我的额头上，凉得像针刺一般，正合时宜，让我很感动。

“挺热的，量体温了吗？”

“三十九度整。”

“这要敷冰啊。”

“哪里有冰啊？”

“我来想想办法。”

千枝子拍拍和服袖子，快活地下楼去了。不一会儿，她又上来，心平气和地坐了下来。

“我让那男孩子去取啦！”

“谢谢。”

我望着天花板，她拿起枕边的书，丝质和服冰凉的袖子碰到了我的脸。我突然渴望那冰凉的袖子，想要让她把袖子放在我的额头上，但随即打消了这个念头。房间里开始昏暗了。

“跑腿的太慢了！”

我知道，发烧的病人对时间的感知有种病态的准确。千枝子现在就说“慢”，我觉得有些为时过早。过了两三分钟，她又说：“太慢了，那孩子干什么去了？”

“慢什么慢呀！不慢！”

我神经质地吼了起来。

“你情绪这么不好，怪可怜的。闭上眼睛吧，别那么吓人地瞪着天花板啦。”

我闭上眼睛，眼睛里面的热散不出去，很难受。突然，我感到有什么东西碰在额头上。同时触到额头的，还有轻微的气息。我将额头闪开，毫无意义地轻轻叹了一口气，于是，那气息里愈发掺杂了异常的热气。突然，我的嘴唇被重重的、油乎乎的东西封住了。牙齿碰撞发出了声音，我不敢睁开眼睛看。不知何时，一双冰凉的手掌紧紧夹住了我的脸颊。

不一会儿，千枝子的身体后退，我半支起身子，两个人在薄暮中对视。千枝子的姐妹都是淫荡的女人，很显然，同样的血液也正在她的体内燃烧。然而，那燃烧的东西和我发烧的热度结成一种难以解释的、奇妙的亲和感。我彻底坐起身来，说："再来一次。"于是我们无休止地接吻，直到学仆回来。其间她一直说："只是接吻哦，只是接吻哦。"

这种接吻带不带有肉欲呢？我不知道。无论如何，最初的经验本身无疑就是一种肉欲，因此这时候去辨别也是无用的，从我的陶醉中提取一些观念性的因素也没有意义。重要的是，我已经成为"懂得接吻的男人"了。我好像是个特别疼爱妹妹的男孩子，在别人家得到好吃的点心便立刻想到要给妹妹吃，我和千枝子拥抱时，心里想的都是园子。之后，我的心思都集中在和园子接吻的空想中了。这是我第一次，也是最严重的一次失算。

不管怎样，想起园子让这最初的经验在我眼里逐渐变得丑恶。次日，千枝子打电话来，我撒谎说明天就回工厂，把约好的幽会推掉了。这不自然的冷淡，源于最初的接吻并没有快感，但我对这个事实视而不见，强迫自己相信恰恰因为我爱园子，所以才觉得这行为丑恶。把对园子的爱当作自己的借口，这是第一次。

与所有初恋的少男少女一样，我和园子互赠了照片。她来信说，她把我的照片放在项链坠里，挂在胸前了。然而园子送给我的照片太大，只能放进折叠式文件包中。衣服内兜放不下，我就把它包在包袱皮里带在身上。我怕当我不在时工厂起火，所以回家也带着。有一次，我从家里回工厂，夜班电车上突然响起了警报，灯也熄了，随后全体疏散避难。我摸索着找遍了行李架，发现我的大包被偷了，里面还装着包好的照片。我非常迷信，从那天起，不安的情绪开始追逼着我。我必须尽快去见园子一面。

与三月九日半夜的空袭一样，五月二十四日夜晚的空袭使我下定了决心。或许，我和园子之间需要这诸多不幸所释放出来的瘴气似的东西，如同合成某种化合物需要硫酸当媒介一样。

旷野和丘陵的接壤处遍布着无数防空壕，我们藏身其中，望着东京的上空烧得一片通红。爆炸时不时发生，火光反射至苍穹，透过云的缝隙，可以看到诡异的、蔚蓝色的白昼天空，那是深夜里出现的片刻蓝天。无力的探照灯简直像是迎接敌机的聚光灯。淡淡的光束交叉出十字形，里面时不时映照出闪着光的敌机机翼，光束向着东京方向接二连三地亮起，像接力一样殷勤地诱导着敌机。近来，高射炮的射击也是零零星星的，美军的 B29 型轰炸机很容易就能抵达东京上空。

从这里望过去，很难分清在东京上空进行空战的敌我战斗机。然而，每次看到有机影从通红的天空中坠落，看客们都会齐声喝彩，特别是少年工们喧闹得最厉害。各处的防空壕里，掌声和欢呼声此起彼伏，仿佛剧场一般。在我看来，对于远望的看客们来说，落下的是敌机还是我机，在本质上没有太大区别。战争本来就是如此。

第二天早上，私营铁路的一半路程已经不通车了，于是我踏着还在冒烟的枕木，走过铁路桥上铺着的半烧毁的细木板，沿着路轨走回了家，发现只有我家附近幸免于战火，安然无恙。恰巧来这里过夜的母亲和弟弟妹妹因昨夜的火光通明，反而精神十足。我们从地下挖出储藏的羊羹罐头，大吃一顿，庆祝幸免于难。

"哥，你和谁正热恋着吧？"

十七岁的妹妹走进我的房间，调皮地问道。

"谁说的？"

"不说我也知道。"

"不行吗？"

"没说不行啊。什么时候结婚？"

我吓了一跳，此时的心情如同逃犯偶然被不知情的人问及与罪行有关的事一般。

“什么结婚？我才不结婚。”

“太缺德啦！根本没有结婚的意思就跟人家热恋吗？真够可以的，男人太坏了。”

“你再不走，我把墨水泼你身上了！”

当我独自一人时，我反反复复地喃喃自语：“对啊，结婚这种事，在如今这世上也是可能的啊！还有生小孩，也是可能的啊！为什么我竟忘了呢！或者说为什么我竟能装作忘了呢！不过是战事激化使我产生了错觉，以为结婚这种微不足道的幸福不可能存在了。其实结婚对我来说，是一种极其重大的幸福，一种重大到令人毛骨悚然的……”这种想法促使我下了一个自相矛盾的决心——在一两天之内必须去见园子！这会是爱吗？或许，这就是某种不安藏在我们内心时，类似对不安的好奇心的心绪以它奇特热情的形式在向我们展现它自己吧！

园子和她的祖母、母亲多次来信邀请我去玩。我给园子写信说，住在她伯母家于心不安，请她帮我找家旅馆。她问遍了村里，可旅馆不是成了政府机关的办事处，就是成了软禁德国人的地方。

旅馆——我开始幻想了。它可以使我少年时代以来的梦想成为现实。这也是我读恋爱小说入迷受到的坏影响。我的思维方式带有堂吉诃德式的色彩——在堂吉诃德的时代，迷恋骑士小说的人不少，但对骑士小说中毒那么彻底的，必须只能是堂吉诃德。我的情况也差不多。

旅馆、密室、锁、窗帘、温柔的抵抗、默契中的开始……只有那样的时刻，正是那样的时刻，我应该是可以的。犹如天赐的灵感一样，我身上的正常应该可以燃烧起来。我会像着了魔一样，脱胎换骨变成另一个人、一个真正的男人。只有那样的时刻，我才能毫无顾忌地拥抱园子，倾尽全身之力去爱她。所有的疑虑和不安都一扫而光，我能够发自内心地说出“我爱你”。从那天起，我甚至也能够在空袭下的大街上疾走高呼：“这就是我的恋人！”

浪漫主义的性格会滋生出对精神作用的微妙的不信任，而这不信任往往会导致梦想。梦想是一种不道德的行为，它绝不像人们所以为的，是精神的作用，而是对精神的逃避。

然而，旅馆的美梦连实现的前提都没有。园子几次写信来，说某村的旅馆都租不到，还是得住家里。我回信表示同意。一种类似疲劳的安心抓住了我。再怎么样，我也不能把这种安心曲解成死心了。

六月二十日，我启程了。海军工厂整体士气日渐消沉，随便找个理由就可以休假。

火车很脏，也很空。不知为何，战争期间对火车的记忆都是凄凄惨惨的（除了那愉快的一次）。这次我也像个孩子似的，一边在火车里摇晃，一边被一个可怜的固定观念折磨着。那就是，一定要和园子接吻，否则绝不离开某村。然而，这个决心绝不同于人与畏缩心理做斗争时那种充满自豪感的决心。我仿佛是去偷东西，像个胆小的喽啰，被老大逼着很不情愿地去做强盗。被爱的幸福感刺痛了我的良心。我所寻求的，也许是更具决定性的不幸吧。

园子把我介绍给她伯母。我装模作样，拼命表演。我觉得大家都在心里议论：园子为什么喜欢这样的男人呢？这个大学生多幼稚啊！这种男人有什么好呢？

我立志要赢得大家的好感，不再像上次坐火车时那样想办法排斥他人。于是，我时而辅导园子的妹妹们英语，时而听园子的祖母讲她在柏林时的往事，并不住地随声附和。奇怪的是，这反倒让我觉得与园子更亲近了。我好几次当着她母亲和祖母的面大胆地和她交换眼神，吃饭时在桌子下面和她互相碰脚。渐渐地，园子也迷上了这个游戏，当我对她祖母的絮叨有点厌倦时，她就起身来到祖母身后，倚在窗前，用指尖挑起胸前的项链坠偷偷向我摇晃。窗外，梅雨季节的阴天里满是树叶的新绿。

园子半月形的领口里袒露出来的肌肤，莹白得简直醒目。而此时她脸上的微笑，使人感受到染红朱丽叶双颊的“淫荡之血”。有一种淫态是只适合处女的，它完全不同于成熟女人的淫态，而是像微风一般令人陶醉。这也是一种可爱的恶作剧，比如有人专喜欢挠婴儿的痒痒就属于这一类。

这一瞬，我的心就要陶醉在幸福之中了。我已经很久都没有接近过幸福这枚禁果了。然而此时它诱惑着我，执着得令我哀叹。我感到园子是一个深渊。

日子就这样一天天过去，还有两天我就必须回海军工厂去了，而我还没有完成给自己布置的任务——接吻。

雨季的蒙蒙细雨一直笼罩着整个高原地区。我借了辆自行车去邮局寄信。园子为了逃脱应征，在政府机关的办事处工作，下午就偷偷溜回家。我们趁这个时间约在邮局碰面。透过被细雨淋湿、生了锈的铁丝网，我看到网球场上寂寥无人。一个德国少年骑着自行车与我擦肩而过，淋湿的金发和白皙的手熠熠闪光。

这是一间老式的邮局。等了没几分钟，室外微微亮了起来，雨停了。这暂时的雨过天晴让人浮想联翩。云并没有散去，只是呈现出了明亮的白金色。

园子的自行车停在了玻璃门外。她气喘吁吁，胸脯一起一伏，淋湿的肩头上下耸动着，然而她健康的、红扑扑的脸颊上绽放着笑容。“是时候了！只此一搏！”我感到自己简直就像一只领了命令的猎狗。必须完成任务的义务观念仿佛是魔鬼的命令。我跳上自行车，和园子并排在村里的大道上飞驰。

我们穿行在杉树、枫树和白桦林中，树上不断落下明亮的水滴。园子的秀发迎风飘动，异常美丽。健美的腿痛快地踏着自行车的脚踏板。她简直就是生命力的化身。我们进了废弃的高尔夫球场，然后跳下自行车，沿着球场边上湿润的小路漫步。

我像个上战场的新兵一样紧张。前边有片小树林，那儿的树荫刚好合适。到那边大约要走五十步。二十步里需要跟她攀谈点什么，消除她的紧张情绪；后面的三十步东拉西扯说点什么就行；到了五十步的地方，把自行车支在那里，欣赏山景，趁机把手搭在她的肩上，低声说一句“现在能够这样，真像做梦啊”之类的话。她必定会稚气地回答点什么。搭在她肩上的手趁势用力把她搂过来。接吻的要领和千枝子那时一样。

我发誓要对导演效忠。既没有爱，也没有欲望。

园子在我的怀抱里了。她呼吸急促，脸庞烧得通红，睫毛紧闭。她的嘴唇稚嫩而美丽，却依然没有挑起我的欲望。然而我一分一秒地期待着，也许接吻的过程中，我的正常、我没有伪装的爱会从天而降。机器急速地运转，谁也无法让它停止。

我将嘴唇覆住她的嘴唇。一秒钟过去了，没有任何快感。两秒钟过去了，还是一样。三秒钟过去了。一切都明白了。

我轻轻回过身体，在那一瞬间，我用悲伤的眼神看了看她。她若是看到我此时的眼神，一定会读出里面蕴含的难以言喻的爱意。那种爱，无人能断言人力是否能实现。然而，她已经完全被羞涩与纯洁的满足所击倒，像个娃娃似的一直低垂着眼睛。

我默不作声，像照顾病人似的挽着她的胳膊，向自行车走去。

必须逃离，越快越好。我焦急万分。为了不让人觉察到我心事重重，我装得比平时更开朗快活。晚饭时，谁都看得出来园子神情十分恍惚，而我则一副幸福的模样，配合在一起恰好暗示了某种默契，结果反而对我不利了。

园子显得比任何时候都水灵。她长得本来就有些超凡脱俗，有一种故事中的恋爱少女才有的风情。我真切地看到她纯真的少女心，清楚地明白自己没有资格拥抱这颗美丽的灵魂。尽管我努力装作兴致勃勃的样子，但也不由得说话结结巴巴起来，于是她母亲的话里流露出了对我身体的担忧。机灵可爱的园子立刻体察到了，为了鼓励我，她又摇晃起胸前的项链坠，暗示“不必担心”。我情不自禁地微笑起来。

大人们看到我俩旁若无人地互换微笑，露出了半是惊愕半是为难的神色。一想到大人们的神色显示出他们在我们的未来里看到了什么，我又不寒而栗了。

第二天，我们又来到高尔夫球场的同一地方。我发现了我们昨天留下的痕迹——被践踏的黄野菊草丛。今天草已经干了。

习惯真是个可怕的东西。接吻让我事后那么痛苦，我却又做了。不过，这次是像对妹妹一样的吻，反而有了偷情的味道。

“下次我们什么时候才能见面？”她说。

“很难说。美军不在我们那里登陆的话，”我回答，“再过一个月，我又可以请假了。”我祈愿着。岂止祈愿，而是迷信般确信，一个月内美军会从S湾登陆，我们学生会被迫去作战，而且一个不剩地全体战死。如若不然，也会出现一种谁都未曾想到过的巨型炸弹，不管我在哪里都会被炸死。这算不算我碰巧预言了原子弹呢？

尔后，我们走上洒满阳光的斜坡。两棵白桦树好像一对善解人意的姐妹，把影子投到斜坡上。园子一边低头走着，一边开口道：“下次见面，你会送我什么礼物？”

“眼下我能带来的礼物嘛，”我掩饰着痛苦，装糊涂回答道，“也就是作废的飞机呀，沾着泥巴的铁锹之类的吧。”

“我不是指看得见的东西。”

“哟，那是什么呢？”我越装糊涂，就越发被逼得紧了，“这是道难题啊，回去的火车上我再好好想想。”

“嗯，一定要好好想想。”她的声音威严而沉着，“咱们说定了，下次一定要带礼物来。”

园子在“说定”这个词上格外用力，我只得虚张声势地装出爽快的样子来自保。

“好，拉钩！”我落落大方地说道。于是我们拉了钩。这一行为看似幼稚无邪，却立刻唤起了我孩童时的恐惧。据说拉钩约好的事如果爽约，拉钩的手指就会烂掉，这曾令儿时的我非常害怕。园子所谓的礼物，尽管没有挑明，但很显然是指“求婚”，所以我的恐惧也绝非空穴来风。这恐惧，好似夜里不敢独自去厕所的孩子对周围一切的恐惧。

当晚临睡前，园子站在我的卧室门口，把门帘半卷在身上，撒娇似的要求我再多留一天。我吃了一惊，顾自躺在被窝里凝视着她。自以为计算准确的最初一步失算了，之后一切都乱了套。事到如今，我不知道该如何评判自己望着园子时的感情了。

“你无论如何都得回去吗？”

“是啊，没办法。”

我回答时甚至是有些愉快的。虚伪的机器又开始轻薄地运转起来了。我把这种愉快解释为优越感，因为我拥有了可以故意逗她着急的新权利。其实，这不过是即将摆脱恐惧时的愉快罢了。

自我欺瞒成了我的救命稻草。受伤的人急需绷带，就不能要求它必须清洁。我想拿惯用的自我欺瞒好歹先把血止住，然后再赶往医院。我故意把懒懒散散的军工厂想象成管理严格的兵营，好像明早不赶回去，就会被关禁闭似的。

出发当天的早上，我一直看着园子，好像旅行者望着行将离去的风景一样。

我知道，一切都结束了。虽然周围的人们以为一切刚刚开始，虽然我也希望能沉浸在周围对我善意的、有所防备的气氛中，以此来欺骗自己。

园子平静的样子令我不安。她时而帮我装书包，时而在房间里找来找去，检查是否有东西遗忘。过了一会儿，她就站在窗边望着窗外，一动不动了。又是一个阴天，晨曦中，叶子的新绿分外醒目。松鼠摇晃着树梢蹿了过去，不见踪影。园子的背影写满了“等待的表情”，安详却又天真。对性格严谨的我来说，不对这个表情的背影有所回应就走出去，简直就像让房间里的柜门敞开着就扬长而去一样难以忍受。我走过去，从背后温柔地抱住她。

“你一定会再来的吧？”

她用轻松且充满信任的口吻说道，听起来仿佛她的信任不是源于我，而是超越了我，扎根于更为深层的东西上。园子的肩膀没有颤抖，只有胸前的蕾丝花边威严地微微起伏着。

“嗯，或许会吧。只要我还活着。”

我这样说，心里却觉得自己很恶心。因为我的年龄在强烈地渴望这样说："当然要来！我会排除一切困难来看你的！放心等着我吧，你是我要娶的人啊！"

在我的感受和思考中，这种奇怪的自相矛盾随处可见。我之所以说出"或许会吧"这种话，表现得优柔寡断，并不是性格的罪过，而是某种比性格更为深层的因素造的孽。意即，当我清楚地知道事情并不是自己的责任时，对于自己多少负有一点责任的部分，常常用健康得近乎滑稽的、常识性的训诫来要求自己。我从少年时代起就注意锤炼自己，宁可死，也绝不做优柔寡断的人、没有男子气概的人、好恶模糊的人、不知道爱人却一味渴望被爱的人。固然，对于我能负责的部分，这规条是可能遵守的；但对于我无法负责的部分，它们本就是无理的要求。此时此刻，让我像个男子汉一样对园子明确表态，是纵使我有参孙[1]的力量也无法做到的。这样一来，我呈现在园子面前的性格，那个优柔寡断的男人形象，激起了我对自己的厌恶，使我觉得自己毫无存在价值，自尊心也完全被摧毁。我变得根本不信任自己的意志和个性，至少不得不承认关乎自己意志的部分是虚假的。然而，这种看重意志的思维方式也是一种近乎

①旧约《圣经》中的人物，神赐给他无比强大的力量。

理想的夸张。即便是正常人，纯粹出于意志的行动也是不可能的。纵使我是正常人，使我和园子的婚姻生活幸福的条件也不可能是百分之百都具备的。如此说来，即便我是正常人也会回答“或许会吧”。甚至连这显然易懂的假设，我也早已习惯于视而不见了，简直就像舍不得放过任何一个折磨自己的机会似的。这是无处可逃的人惯用的手法，用来逼迫自己甘心承认自己就是不幸的。

园子以平静的口吻开口说道：“你不会有事的，你会毫发无损。我每天晚上都在向神祈祷，我的祈祷一直都很灵验。”

“你很有信心啊。大概是这个缘故吧，你看起来十分安心，让人有些害怕。”

“为什么害怕？”

她抬起黝黑又聪慧的眼眸。她提问时那毫无怀疑的、天真无邪的视线使我心乱如麻，完全无从答起。我感到一种冲动，想把她从安心状态的熟睡中摇醒。然而园子的眼眸反倒将沉睡在我内心的某种东西摇醒了。

去上学的妹妹们来告别了。

“再见！”

小妹妹来跟我握手，突然胳肢了一下我的掌心，而后飞逃出门去，高高举起带着金色搭扣的红色便当盒套，向我挥动着。几缕阳光刚好透过树叶照在她的身上。

祖母和母亲也来送行，所以车站的告别变得平淡而单纯。我们彼此开着玩笑，一切都泰然自若。很快，火车进站，我坐到了窗边的位置，一心盼望快快发车。

这时，一个明快的声音从意想不到的方向传来，呼唤着我的名字。那正是园子的声音。刚才还无比熟悉的声音变得遥远而又新鲜，震动了我的耳膜。无疑，那正是园子的声音。这意识宛如清晨的阳光射进我的心。我向声音传来的方向望去，只见园子从工作人员的出入口进来了，双手抓着紧靠站台的烧焦的木栅栏。她的方格开衫里面露出很多蕾丝花边，花边随风摇曳。她睁大眼睛，目光炯炯有神地望着我。列车启动了。园子凝重的嘴唇欲言又止，好像在默念着什么，随即从我的视线中消失了。

园子！园子！列车每摇晃一下，这名字就在我的心里浮现一次。这名字好像是难以言喻的神秘的称呼。园子！园子！这名字每重复一次，我的心就被击碎一回。随着这名字一遍遍重复，我极度的疲劳好像因此遭受惩罚一般，越发加剧。这是一种透明的痛苦，我试图向自己解释它的性质，然而这是一道史无前例的难题。这种痛苦距离人类应有的感情轨道过于遥远，甚至我把它当作痛苦都很困难。如果硬要打比方，这种痛苦就如同有人在明媚的正午等待午炮[①]鸣起，过了时间午炮仍没有响，而他要在晴空里寻找午炮沉默的理由。这真是可怕的疑惑。全世界只有他一个人知道，午炮没有在正午准时鸣响。

"一切都结束了，一切都结束了。"我喃喃自语。我的哀叹宛如胆小的考生哀叹自己没有考及格。完了，完了。因为X没做，所以全盘皆输。先从X开始做就不会落到这步田地了。人生的数学题，我也凑合着跟大家一样用演绎法去做就好了，我耍了几分小聪明，坏了大事。败就败在我擅自用了归纳法。

我心慌意乱，以至于坐在我对面的两个乘客用怀疑的目光看着我的脸色。她们一个是穿着深蓝色制服的红十字会的护士，另一个穷农妇像是护士的母亲。我注意到了她们的视线，于是把目光投向那个护士的脸。这个胖姑娘脸红得像小红灯笼果似的，为掩饰尴尬，向她母亲撒起娇来。

"妈，我饿了。"

"时间还早吧。"

---

①日本明治时期至昭和初期报告午时的信号炮。

“可我就是饿了呀。”

“真是不听话呀。”

母亲终于拗不过女儿，拿出了便当。便当很寒酸，比我们工厂的伙食还要糟糕。米饭里净是甘薯，配着两块腌萝卜。姑娘大口大口地吃了起来。人要吃饭这件事，从未像现在这样显得毫无意义。我揉了揉眼睛。不久我就想明白了，我之所以有这种看法，是因为我完全丧失了活下去的欲望。

当晚，我回到郊外的家里安定下来后，有生以来第一次开始认真考虑自杀。越想越觉得没意思，又觉得自杀是件很滑稽的事情了。我天生对败北不感兴趣，加之我周围有着无数死亡，仿佛秋天的丰收一样，战祸而死、殉职而死、战场上病死、战死、被车轧死、病死等，我觉得自己的名字肯定已经预定在其中的哪一类里了。死刑犯是不会自杀的。无论如何，现在的季节都不适合自杀。我在等待什么东西来杀死我。然而，这与等待什么东西来帮我活下去是一回事。

回到工厂两天后，我收到了园子热情洋溢的来信。那是真正的爱。我感到嫉妒，犹如养殖珍珠难以抑制地嫉妒着天然珍珠。然而，世上会有男人嫉妒爱着自己的女人对自己的爱吗？

园子和我告别后就骑自行车去上班了。她神情过于恍惚，甚至有同事问她是不是身体不舒服，好几次处理文件都出了差错。中午回家吃完饭，回去上班的路上，她绕道去了高尔夫球场。停下自行车，看到黄野菊被踩踏的痕迹依然如故。然后，她看着火山的地表随着雾霭散去慢慢展现，扩展成一片闪着光泽的黄褐色，随后阴暗的雾霭又从山谷里升腾起来。她又看到了那对善解人意的姐妹模样的白桦树，叶子像是预感到了什么似的微微颤动着。

与此同时，我则在火车里费尽心机，想着怎样才能从亲手培植的园子的爱中逃脱！然而，我偶尔也有感到安心的瞬间，那就是当我接受可能最接近真实情况的借口时。那可怜的借口就是：因为爱她，所以我必须逃离。

之后，我给园子写了好几封信，信中的口气既不表示我的感情有所发展，也没有流露出丝毫冷淡。不到一个月，草野又被批准第二次跟家人见面，园子告诉我，草野的部队已经转移到东京近郊，草野一家又要去看他了。懦弱使我又和他们一起去了。真是不可思议，我那么下定决心要逃离园子，如今又不忍不见了。见面后，我发现园子没有丝毫改变，而我自己已经面目全非了。我对园子一句玩笑话都说不出来了。对于我这个变化，园子自己也好，她的哥哥、祖母、母亲也好，都只不过理解为我是个规矩人。草野用跟往常一样温和的眼神看着我，对我说了一句话，却使我战栗起来。

“很快我就会给你发一个重要的书面通知。你盼着吧。”

过了一周，我趁假日回到母亲那里，信已经寄来了。文如其人，草野幼稚的笔迹中洋溢着真实的友情。

……园子的事，我们全家都很认真，任命我做全权大使。事情很简单，就是想知道你的想法。

大家都很信任你。园子自不必说，家母甚至开始考虑何时举办婚礼了。婚礼暂且不提，但我想，考虑订婚的日程应该不算早吧。

当然，这些都基于我们单方面的猜测。总之是想了解你的意思。家里说，双方家长的商议是接下来的事了，都随后再办。即便如此，我丝毫不想束缚你的意志。知道你的真实想法我才能放心。你回答NO，我也绝不会生气或怨恨，绝不会累及我们的朋友关系。YES的话，我当然无比高兴，但就算是NO，我也绝不会坏了心情。请你自由地、坦率地答复我就好，千万不要顾虑情面或者意气用事。我将作为你最好的朋友，等待你的回复。

我愕然了，赶紧看看四周，生怕读信时的样子被人看到。

我以为不可能发生的事情发生了。我万万没有想到，这家人对战争的感受和想法与我会有如此大的差距。我只有二十一岁，还是学生，在飞机制造厂工作，加之在连续不断的战事中长大，我将战争的力量想得过于富有传奇色彩了。在激烈的战争即将迎来悲惨结局的时刻，人类生活的磁针仍准确无误地指着一个方向。就说我自己吧，不也一直在谈恋爱吗？为什么我没有注意到这一点呢？我带着怪异的冷笑，把信重读了一遍。

人所常有的优越感开始搅动我的心。我是一名胜利者。客观来说，我是幸福的，也不会有人因此来指责我。如此说来，连我这样的人也拥有了侮辱幸福的权利。

我满心都是不安和无地自容的悲伤，却硬给嘴角贴上了自鸣得意的讽刺的微笑。我告诉自己，只要跨过一道小沟就好了，只要认为这几个月发生的事都是自己犯糊涂就好了。只要认为自己从开始就没有爱过园子，从没有爱过那样一个小姑娘就好了。只要想自己不过是被欲望驱使（撒谎的家伙！），欺骗了她而已。根本谈不上什么拒绝，只接吻是不用负什么责任的。

“我根本就不爱园子！”

这个结论使我欣喜若狂。

这事太棒了。我不爱一个女人却诱惑了她，而当对方开始萌发爱情时，我又不顾一切地将她抛弃。我成了这样的男人！我终于可以离规规矩矩的道德模范和好学生远远的了！然而，我又岂是不知道，怎么会有不达目的就把女人抛弃的色鬼呢！我故意对此视而不见。我像个顽固的中年妇女，习惯于对自己不想听的东西充耳不闻。

剩下的就只是想办法阻止这桩婚事了，简直像是阻止情敌的婚事似的。

我打开窗户，呼唤母亲。

宽阔的菜园笼罩在夏日强烈的阳光下。菜畦里的西红柿和茄子抗争般朝着太阳挺起干燥又刺眼的绿叶，强劲的叶脉被太阳涂了一层厚厚的、炽烈的光线。充溢在植物中的阴暗的生命，完全被菜园里一望无际的灿灿光辉给压下去了。远处神社葱郁的树林把阴暗的脸朝向这边。神社对面是看不到的低洼地，时而有郊区的无轨电车通过，车身微微震颤着，车顶的取电棒轻佻地压过电线。每当这时，电线就懒洋洋地摇晃着，闪着光，从远处就可以看到。电线在夏日厚重的云彩下，似乎有意又仿佛无意地，每每要漫无目的地摇晃一阵子。

菜园正中冒出一顶系着蓝色丝带的大草帽，是母亲。舅舅——母亲的哥哥——的草帽连头也没回，像株折断的向日葵，一动不动。

自从来到这里生活，母亲晒黑了，从远处看牙齿白得显眼。她走近到说话听得见的地方，用孩子般尖细的嗓音喊道："什么事呀？有事过来说嘛！"

"很重要的事！你到这边来一下！"

母亲慢吞吞地走过来，似乎很不满意。手上的筐子里装着熟透了的西红柿。不一会儿，她把盛着西红柿的筐子放在窗台上，问我什么事。

我没有给她看手上的信，大致讲了信的内容。说着说着，我都不明白自己为什么要把母亲叫过来了。难道我说个不停不是为了说服自己？我满不在乎地列举了一些常见的不利条件，例如，父亲的性格有些神经质，很爱唠叨，如果住在一起，我的妻子会很辛苦；眼下我也没有条件自立门户单过；我们旧式家庭和园子家欢快开明的家风完全不合；我还不想这么早娶妻操心……我需要母亲的强烈反对。然而，母亲却是个性格悠然宽和的人。

“听起来有些蹊跷。”母亲不假思索地插了一句，“那你到底怎么想的？你喜欢她还是讨厌呀？”

“这个，我也……”我支支吾吾，“我其实没太当真，本来是半闹着玩的。没想到对方当真了，我有点不好办了。”

“这样就没什么问题了。说清楚了对双方都好，这信本来就是探探口风的吧。你回信说清楚就行了。我干活去了啊。没事了吧？”

“嗯……”

我轻轻叹了口气。母亲已经走到通往玉米地的柴门边了，又小跑着折回到我的窗前，脸色与刚刚有些不同。

“你，刚才的事……”母亲有点像对陌生人似的，可以说像一个女人看着一个陌生男人似的，“你和园子，不会已经……”

“妈，你瞎想什么呢！”我笑了出来。我觉得有生以来从没有笑得这么痛苦过。“我能做出那种傻事来吗？那么不相信我？”

“知道啦！以防万一嘛。”母亲恢复了明朗的神色，不好意思地赶忙否认，“当妈的，活着就是为这种事操心的啊。那就好，我相信你。”

当晚，我就写了一封委婉拒绝的信，连自己都觉得有些不自然。我写道，事情来得太突然，现阶段我的心理还没有发展到这个程度。第二天一早，我回工厂时顺便去邮局寄信，办理快件的女子用怀疑的目光望着我颤抖的手。我凝望着她用粗俗的脏手在那封信上事务性地盖上邮戳。看到自己的不幸被事务性地处理掉，我感到了一丝安慰。

空袭的攻击目标转向了中小城市，看来暂时不会有生命危险了。投降的论调开始在学生中风行。年轻的副教授陈述着类似的暗示性言论，试图在学生中笼络人心。看他鼻翼微张、自鸣得意地宣讲他的怀疑论调，我告诉自己绝不上他的当。另一方面，对事到如今仍然相信会战胜的狂热分子，我同样投以白眼。战争是胜是败，对我来说都无所谓。我一心想要脱胎换骨，重新做人。

原因不明的高烧使我被迫回到郊外的家。我烧得天旋地转，一边盯着天花板，一边念经般在心里不断呼唤着园子的名字。到我终于能起床的时候，听到了广岛全毁的消息。

这是最后的机会了。人们盛传下一个被毁的城市就是东京。我穿着白衬衫和白短裤，在街上到处转悠。到了自暴自弃的地步，行人的表情反倒是明朗的。一刻过去，又一刻过去，什么也没发生。到处充满了明朗的兴奋，仿佛气球已经鼓起来了，还继续给它加压，等着它爆开。然而什么也没发生。这样的日子如果持续十天以上，人势必要紧张得发疯。

一天，一架飞机潇洒地躲过高射炮笨拙的射击，在夏日的天空撒下了传单，是日本提出投降的消息。当天傍晚，父亲下班后直接从公司来到郊外我们借住的地方。

“告诉你们，传单上说的是真的。”

他走进院子，一坐在外廊上就立刻开口说道。接着，还给我看了来源可靠的英文原文的手抄件。

我拿过手抄件，来不及浏览就了解了事实。我不是指日本战败的事实，而是对我来说，只是对我一个人来说的事实——可怕的日子即将开始。有一个东西，仅仅听到它的名字都会让我浑身颤抖，我一直欺骗自己它绝不会来。那就是人类的“日常生活”。事实是，明天它就要不由分说地开始了。

第四章

出乎意料的是，我所惧怕的那种日常生活根本没有开始的迹象。生活仍是一种内乱，人们不考虑“明天”，程度较战争期间有增无减。

借给我大学制服的学长从部队回来了，我把制服还了回去。于是有好一阵子，我陷入一种错觉，仿佛已经从回忆和过去的束缚中挣脱出来，获得了自由。

妹妹死了。我发现自己还能流泪，于是有了种轻佻的安心感。园子和一个男人相亲并订了婚，我妹妹死后不久，她就结婚了。我的感觉可称作如释重负吧，我极力让自己兴高采烈，骄傲地告诉自己，这不是她抛弃了我，而是我抛弃了她的必然结果。

我多年的恶癖——总是将宿命强加给我的东西附会为我自身意志或理性的胜利——已成了近乎疯狂的自高自大。而我称之为理性的东西，特质上有种偏离道德的味道，像是被一时兴起的偶然放在王位上的冒牌僭主。这个驴一般的僭主根本没有预见到，愚蠢的专制必然招致复仇的后果。

接下来的一年，我在模模糊糊的乐观情绪中度过。敷衍了事地学习法律，机械地上学，机械地回家……我什么都不听，也没人倾听我的心声。我学会了年轻僧侣那老于世故的微笑，对自己是死是活毫无知觉。我似乎忘了，忘了听天由命的自杀——在战争中死去——的指望已经完全断绝了。

真正的痛苦一定是缓缓而至，就像肺结核，当有自觉症状时，病情已经发展到很严重的阶段了。

一天，我来到书店的书架前——这时书店里的新书已经渐渐增多了——拿起一本装订粗糙的翻译书。这是一个法国作家饶舌的随笔集。随意翻开一页，一行字赫然跃入我的眼帘，再不肯离去。然而，不悦的不安情绪迫使我合上书，把它放回了书架。

第二天早晨，我突然下了决心。那家书店离学校正门很近，我上学时顺便过去，把昨天那本书买了回来。民法课开始后，我把书放在翻开的笔记本旁边，找出了那行字。那行字使我比昨天更明显地感到不安。

女人的力量，仅取决于她的不幸能多大程度地惩罚她的恋人。

大学里，我跟一个同学比较亲近。他家经营着一间老字号的点心铺。乍看他是个无趣的勤奋学生，但是他谈论世事时流露出的嘲讽态度，以及与我极为相近的孱弱体格，都引起了我的共鸣。同样是玩世不恭的态度，我的是出于自我保护和虚张声势，他的却正相反，是出于骨子里的自信，比我稳妥得多。我不知道他的自信从何而来。后来他看出我还是童身，就带着高高在上的自嘲和优越感，向我坦白他常去那种不良场所，然后向我发出了邀请。

“你想去就给我打电话，随时奉陪。”

“嗯，我想去的话……或许……很快，很快就能下定决心了。”我回答道。他难为情似的抽了抽鼻子，好像在说他完全了解我此时的心理状态和羞怯的心情，也让他想起自己跟我一样状态时的情形。我很焦躁，这是我惯有的焦躁，我渴望现实中我的状态与他以为的我的状态完全一致。

所谓洁癖，是一种源自欲望的任性。我原有的欲望过于隐秘，不允许这种直截了当的任性；而我假想的欲望，即对女人单纯而抽象的好奇心，又太过自由，冷淡得不存在什么任性的问题。好奇心是没有道德的，也许它是人类所能拥有的最不道德的欲望吧。

我开始了惨烈的秘密练习。我凝视着裸女的照片来检验自己的欲望——这是再明白不过的事了，我的欲望丝毫不为之所动。平时犯恶习的时候，我尝试让自己首先适应什么都不想，其次想象女人最淫荡的姿态。这尝试有时也会成功，然而那成功伴随着令人心碎的扫兴。

我决定豁出去，碰碰运气，于是打电话让他星期天下午五点在某咖啡馆等我。那是战争结束后第二个新年的元月中旬。

“你终于下定决心啦？”他在电话那端哈哈大笑，“好啊，我一定去，你反悔我可不答应啊。”

笑声在我耳边回荡。我知道，我能用来与这笑声抗衡的，只有他人注意不到的僵硬微笑了。尽管如此，我还是抱有一丝希望，或者应该说是迷信。这是危险的迷信。只有虚荣心会让人去冒险，而我的虚荣心毫无新意——二十三岁了，我绝不想被人看作还是童身。

如今回想，我下决心那天，正是我的生日。

我们彼此试探地看着对方。他大概也知道，今天这个场合，不管是满脸肃然还是嬉皮笑脸都同样滑稽，所以他含糊其词，一个劲儿地吞云吐雾，还没话找话，评论这家店里点心的味道如何不好。我根本就没有好好听。我说："你也有思想准备了吧？第一次带人去那种地方的，要么终生为友，要么终生为仇，两者必居其一。"

"别吓唬我了，你知道我有多胆小。终生为仇，这种角色可不适合我。"

"你那么有自知之明，佩服啊！"我故意采取了高压策略。

"这个先不提，"他摆出一副主持人的架势，"我们得找个地方去喝一杯！不喝几杯，第一次去的人不行的。"

"不，我不想喝。"我感到自己的脸颊有些僵硬，"我绝不喝了酒再去。这点胆量，我还是有的。"

接下来是昏暗的都营电车、昏暗的私营地铁、陌生的车站、陌生的街道、一排排寒酸的简易房的角落，紫色和红色的灯光把女人们的脸照得像纸糊人一般。化了霜的泥泞小路上，嫖客们发出赤脚走路似的脚步声，默默地往来走过。我没有丝毫欲望，只有不安像急着要零食的小孩子似的催促着我。

“哪家都行。我不是说哪家都行嘛！”

“来嘛！过来嘛！”我一心想从女人们夸张的、喘息般的声音中逃离。

“那家的姑娘可危险，知道吗？就是脸长那样的。这边的就相对安全些。”

“长什么样子无所谓！”

“是吗？那我就要那个比较好看的喽。你以后别怨我啊。”

我们一走近，两个女人好像小鬼附体似的站起身来。房间很小，人站着头几乎要碰到天花板了。一个东北口音的高个子女人笑得露出了金牙和牙床，把我拽进了一个三叠大的小房间。

我抱住了这个女人，我想完成任务。我搂过她的肩膀刚要接吻，她摇晃着厚实的肩膀笑了。

“这可不行！会蹭上口红的。得这样！”

妓女极力张开镶着金牙的红唇大嘴，直直地伸出了强健的舌头。我也学着伸出了舌头。舌尖相碰了……别人可能无法理解，没有感觉与强烈的痛苦其实是非常相似的。强烈的痛苦，而且是完全感受不到的痛苦，使我全身都失去了知觉。我的头落在了枕头上。

十分钟后，确定是不可能了。羞耻使我的膝盖颤抖起来。

我假定朋友根本没察觉到，那之后数日，任凭自己沉浸在往常自甘堕落的情绪中，自我疗伤。这感觉就像害怕得不治之症的人，一旦真被确诊反倒暂时松了一口气。虽然如此，患者自己也知道这不过是一时的放松，心还在等待无处可逃的绝望，以及由此而来的永久的放松。其实，我也在期盼无处可逃的更大的打击或者更大的放松吧。

之后一个月内，我和那个同学在学校多次碰面，彼此都没有再提那件事。过了一个月，他带着另一个也跟我很熟的好色的同学来到我家。那是一个爱炫耀的青年，一直宣称自己十五分钟就能把女人搞到手。不久，话头落在了正题上。

“我简直受不了，都拿自己没办法了。”好色的同学死死地盯着我的脸，“有哪个朋友阳痿的话，我真羡慕呢。岂止羡慕，还尊敬他呢。”

看到我变了脸色，那个同学转了话题。

“你答应过要借给我普鲁斯特的书吧，那书有意思吗？”

“嗯，有意思。普鲁斯特是所多玛的男人呢，跟男仆发生了关系。”

“所多玛的男人是什么？”

我知道自己在拼死挣扎，通过装傻提个小问题，好得到线索证明自己的失态并没有被他们察觉到。

“所多玛的男人就是所多玛的男人呗，你不知道吗？就是好男色啊。”

“第一次听说普鲁斯特是这样的。”我感到自己的声音都颤抖了。如果我生气，就是给对方确证了。我对自己竟能忍得住这可耻的表面平静莫名恐惧起来。显然，那个同学嗅到了什么。也许是心理作用吧，我觉得他在尽力不看我的脸。

夜里十一点，这可咒的来客走了以后，我躲在房间里，彻夜未眠。我低声啜泣。结果，平时那个血腥的幻想来安慰了我。我完全委身于这个残忍凶恶的幻影之中，对我来说，没什么比它更熟悉、更亲密了。

我需要安慰。明知道只有空洞的聊天和扫兴的余味，我还是常常去老朋友家里参加聚会。因为他们与大学同学不一样，都是讲究体面的人，反而让我觉得放松了。这里有附庸风雅的大小姐、女高音歌唱家、初出茅庐的女钢琴手和新婚的夫人们。我们跳舞，喝一点酒，做无聊的游戏，玩略带色情的捉迷藏，经常闹个通宵。

黎明时分，我们常常跳着舞就睡着了。为了消除困意，我们玩一种游戏：在地板上散放一些坐垫，以音乐突然停止为信号，破开跳舞时的圆圈，一男一女成一组坐在一个坐垫上，没找到伴坐好的，必须表演才艺。站着跳舞的人彼此纠缠在一起去抢地板上的坐垫，混乱可想而知。玩了几次后，女人们也顾不上形象了。一位最标致的小姐跟人缠在一起摔在地上，裙子翻上了大腿根。也许因为有些醉意了吧，她竟然没有注意到，还在笑个不停。腿上的肉润泽而莹白。

如果是以前，我会一刻不忘地演戏，模仿其他青年，假装躲避自己的欲望，瞬间把视线移开。然而，从那天以后，我跟以前完全不同了。我毫不感到羞耻地——我对自己生来毫无羞耻感这件事不再感到羞耻了——直勾勾地注视着那雪白的腿，就像在看某种物品。突然，由注视而来的浓缩的痛苦降临到我身上。痛苦这样告诉我：“你不是人。你是无法与人交往的。你是一种非人的、奇妙而又可悲的生物。”

恰好公务员录用考试迫在眉睫，我的心完全被枯燥无味的学习所占据，自然远离了折磨身心的事情。然而这只限于起初的几天。那一夜带给我的无力感已经渗透到了我生活的每一个角落。连日来我心情抑郁，做什么都心不在焉。我一天比一天感到有必要证实自己还有某种可能。不证实这一点，我无法活下去。然而，我找不到具体方法去完成我与生俱来的背德。在这个国家，哪怕用很妥当的方式，我异常的欲望都没有机会得到满足。

春天来了。我平静的外表下聚积着疯狂的焦躁。连季节都用它沙尘漫天的烈风，显示对我的敌意。每当汽车与我擦身而过，我就在心中大声叱骂：为什么不撞死我？

我强迫自己学习，在生活上约束自己。学习之余，我到街上去，感受人们对我充血的眼睛报以怀疑的目光。在别人眼中，我每一天都过得极其严谨认真，可是我自己知道，自甘堕落、放荡、没有明天的生活，腐败透顶的怠惰，连同由此而来的疲劳正在腐蚀着我。然而，就在春天即将过去的一个下午，在都营电车上，一种清冽得令人窒息的悸动出其不意地向我袭来。

越过站立着的乘客，空隙中我看到了园子坐在对面的座位上。稚气的眉毛下，一双眼睛率真而持重，藏着难以言喻的款款柔情。我差点站了起来。恰好一个乘客放开吊环向车门口走去，我看到了她的正脸。原来不是园子。

我的心仍躁动不已。把这心悸解释为出于惊愕或愧疚倒也容易，然而这个解释却不能否认，我刹那间的感动是纯洁的。猛然间，我想起了三月九日早晨在站台上看到园子时的感动。此时与彼时别无二致，连被打翻在地般的悲哀都很相似。

这小小的记忆数日挥之不去，一直强有力地撼动着我。不可能，我不可能还爱着园子。我根本不可能爱什么女人的。我越是这样反省，便越是不断勾起自己的回忆来抵触这种反省。直到昨天，反省还是唯一忠实和顺从我的东西呢。

就这样，回忆突然在我心中重新掌权，以赤裸裸的痛苦的形式完成了这场政变。明明两年前已经彻底处理掉了的“小小”回忆，却像个长大了才出现的私生子，变成异常巨大的东西，在我眼前复苏。而且，回忆的基调既不是当时我虚构出来的“甜蜜”，也不是过后我为便于处理而采取的事务性态度，而是一种清晰的痛苦的色调，涂满了每个角落。倘若那是悔恨，很多前人倒是已经为我找到了忍耐之路。然而，这痛苦并不是悔恨，而是某种异常明晰的痛苦，如同夏日被逼着俯瞰窗下强烈的日光，它的那光影将马路一切两半。

梅雨季节一个阴沉的下午，我去不大熟悉的麻布办事，顺便在街上散步。忽然，我听见身后有人唤我的名字。竟是园子。回头看到她时，我并没有像在电车上错把别人当成她时那般惊讶。这次偶遇极其自然，仿佛一切我都预料到了，这个瞬间我也早已熟知了。

她穿着一件雅致的、壁纸样花纹的连衣裙，领口除了蕾丝花边外，没有其他装饰，不像是已婚的样子。大概是从配给所买东西回来，她手上提着水桶，随行的老妇人手里同样也提着水桶。她打发老妇人先回去，自己和我边走边聊。

“你瘦了呀。”

“嗯，因为考试复习吧。”

“哦，多注意身体呀。”

我们沉默了片刻。这是战火中残存下来的公馆街，暗淡的阳光洒在安静的马路上。某家厨房入口，一只全身湿漉漉的鸭子摇摇晃晃地走了出来，嘎嘎叫着在我们面前走过，沿着水沟而去。我感到了幸福。

“最近在读什么书？”我问。

“小说吗？《各有所爱》[1]和……”

“没读A吗？”

我说了眼下流行小说《A……》的名字。

“那个裸女吗？”她说。

“什么？”我惊讶地反问。

“讨厌……我是说封面上的画。”

两年前的园子绝不会当面说出“裸女”这种字眼。用词的细节让我痛感园子已不再纯洁。走到街角，她停下了脚步。

“从这里拐过去，尽头就是我家了。”

分别是难过的，我把垂下去的目光移向水桶，水桶里挤着很多魔芋。在阳光下，魔芋的颜色看上去像海边晒黑了的女人的皮肤。

“晒得太厉害，魔芋要坏的。”

“是呀，我责任重大呢。”园子娇滴滴地高声说。

“再见！”

“嗯，再见啦！”她转过身去了。

我叫住她，问她是否会回娘家，她若无其事地说，这个星期六回去。

---

①日本作家谷崎润一郎的长篇小说。

分手后，我注意到一个之前一直没注意到的重大问题——看起来，今天她已经原谅我了。为什么原谅我呢？难道还有比这宽恕更大的侮辱吗？然而，如果再有机会被她清楚明白地侮辱一次，说不定我的痛苦能被治愈吧。

我苦盼着星期六。恰好草野从京都的学校回家来了。

星期六下午，我去看草野，聊着聊着，我突然怀疑起自己的耳朵来，因为我听到了钢琴声。那音色已不再是幼稚的，而是丰富奔放的，充实而炫丽。

“是谁？”

“是园子。她今天回来了。”

一无所知的草野回答道。我带着痛苦，把所有记忆一个一个唤回心中。我当时的委婉拒绝，草野过后只字未提，他的善意让我感到沉重。我渴望获悉园子当时至少有过一丝痛苦的证据，以便找到点什么与我的不幸相呼应。可是，“时间”的杂草已经在草野、我和园子之间繁生，不夹杂意气、虚荣和顾虑的情感交流已经不可能了。

钢琴声止住了。草野善解人意地说：“我把她叫过来吧。”不多时，园子跟哥哥一起走进了房间。园子的丈夫在外务省工作，我们三个谈论着那里的熟人，无缘无故地笑着。草野被母亲叫了出去，于是，又像两年前的那天一样，只剩下我和园子两个人。

她像个孩子似的，骄傲地给我讲，因为她丈夫的努力，草野家才幸免被接收。从她少女时起，我就喜欢听她夸耀。过于谦逊的女人和傲慢的女人一样没有魅力。园子落落大方、恰到好处的夸耀，带着一种天真又讨人喜欢的女人味。

“有件事，”她平静地说道，“有件事一直想问你，但是一直没问成。为什么我们没能结婚呢？哥哥告诉我你的答复后，我觉得自己完全不明白这个世上的事了。每天都是想了又想，但还是想不明白。到现在我也不明白，为什么没能跟你结婚……”她像是有点生气了似的，把微微发红的脸颊朝向我，然后背过脸去像朗诵似的说：“……你讨厌我吗？”

她问得太直截了当，甚至听起来不过像是事务性的盘问。我的心却以剧烈而凄惨的喜悦做出了回应。然而，这可恶的喜悦转瞬间就翻转成了痛苦，十分微妙的痛苦。我居然为重提两年前的“小事”而如此痛心，这伤害了我的自尊心，因此也就在原有的痛苦上又增加了我的痛苦。我希望自己在她面前是自由的，可我依然没有这个资格。

“你还是不懂世事啊。你的优点也在于不谙世故。不过，这个世界上，不是所有相爱的情侣都能终成眷属的。正像我给你哥哥的信上提到的，而且……”我觉察到自己要说些没出息的话了，很想闭嘴，却停不下来，“而且，我在那封信里没有明确说不能结婚啊，根本没明确写嘛。我那时才二十一岁，还是学生，事情来得太突然了，我正拿不定主意呢，没想到你竟然那么快就结婚了。”

“我可没有权利后悔。因为我丈夫爱我，我也爱我丈夫。我真的很幸福，除此以外，我别无他求。不过，也有些不好的想法吧。有时候……这……该怎么说才好呢？有时候，我会想象另一个我，试图过另一种生活。到后来，我自己也弄不明白了。一想到自己想说些不该说的话，想思考些不该思考的事，我就害怕极了。这种时候，我丈夫是我最好的依靠，他就像疼爱孩子一样疼爱我。”

“你可能会笑我自我感觉良好，但我告诉你吧，你那是在恨我，非常恨我。”

园子连“恨”的意思都没有理解。她一本正经地、温和中又带着点赌气般说道：“你爱怎么想就怎么想吧。”

“再单独见一次吧，就我们两个。”我哀求道，仿佛受什么驱使了，“没有任何不良居心，只要见一面，我就释然了。我已经没资格说什么了。哪怕不说话也行，哪怕就三十分钟也行。”

“见了又能怎么样呢？见了一次，你不会要求再见一次吗？我家婆婆管得很严，去什么地方、去多长时间她都要一一盘问。我带着顾虑来跟你见面，万一……”她欲言又止，“人心会怎么变化，谁也说不准啊。”

“嗯，谁也说不准。不过，你太小题大做了，还是老样子。你怎么不能把事往好的方面想，往简单想呢？”我信口胡诌。

“男人可以那样，可结了婚的女人就不行了。等你有了妻子就明白了。我觉得对待事情要小心一点，多想想才对。”

“你这是在说教，简直像个大姐。”

这时，草野进来了，我们的谈话中断了。

在聊天的过程中，我心中不断涌出深深的怀疑。我对神起誓，想见园子的心情绝对是真诚的。可是，对她丝毫没有肉体上的欲望也是再清楚不过的。想见面的欲求是哪类欲求呢？这明显没有肉欲的热情，难道不是自欺欺人吗？好，就算这真是热情，那也是很容易就熄灭的微弱火花，我只不过是在故意炫耀似的煽动它而已，不是吗？完全不基于肉体欲望的爱情，可能存在吗？这难道不是明显不合情理吗？

然而我又想，既然人的热情具有超越一切情理的力量，那么就不能断言它不具备一种力量，可以超越热情本身的情理。

自那个决定性的夜晚后，我就巧妙地避开女人过日子。那一夜以后，我不仅没有触碰过引起真正肉欲的Ephebe的嘴唇，甚至连一个女人的嘴唇也没有触碰过。纵然遇上不接吻反而失礼的局面也是如此。比起春天，夏天的到来更加威胁到我的孤独。盛夏鞭打着我肉欲的奔马，燃尽我的肉体，折磨我的肉体。为了保身，有时我一天需要进行五次恶习。

赫希菲尔德学说将性倒错完全作为一种纯粹的生物学现象来解释，这启蒙了我。那决定性的一夜，也是自然的归宿，而丝毫不是可耻的归结。想象中对Ephebe的嗜欲，从未发展为pedicatio[①]，而是固定在一种形式里。研究人员已经证明，这种形式具有某种普遍性。据说，像我所拥有的冲动在德国人当中是不足为奇的。剧作家普拉顿的日记是最明显的例子。美学家温克尔曼也是如此。文艺复兴时期的意大利，米开朗基罗显然与我拥有同系列的冲动。

①男色。

但是，这些科学性的解释并不能解决我的内心生活。对我而言，性倒错之所以难以实现，是因为它仅限于肉体的冲动，还停留在徒然呐喊和挣扎这种阴暗的层面。即使是我看中的Ephebe，也仅止于激起我的肉欲，表面看来，我的灵魂还是属于园子的。我并非简单地相信中世纪式的灵肉相克的说法，只是为了便于说明才姑且这么说的。对我来说，这两者的分界是单纯而直接的。我觉得园子是我对正常、灵魂和永恒的爱的化身。

但这样仍不足以彻底解决问题。感情不喜欢固定的秩序，它犹如乙醚中的微粒子，喜欢自在地到处跳跃、飘浮、颤抖。

醒悟在一年后到来。我通过了公务员录用考试，大学毕业后在某官厅任事务官。这一年，我和园子每隔两三个月就制造一次见面的机会，有时看似碰巧，有时借口有事，其实并不是什么重要的事情，用白天的一两个小时，平静地见面，又平静地分手，仅此而已。我尽量举止得体，即使被人看见也问心无愧。园子的话题也仅限于一些往事，客气地揶揄彼此目前的境况，不逾矩一步。我们交往的程度不要说男女关系，连交情似乎都称不上。见面时，我们想的也只是道别时要干脆利落。

我因此心满意足。不仅如此，这种时断时续的交往有种神秘又丰富的蕴意，让我向冥冥之中的某种安排献上感谢。我没有一天不思念园子，每次相逢都享受到一种平静的幸福。见面时微妙的紧张感和纯洁的平衡感已波及生活的每个角落，给生活带来了虽然脆弱但却极其透明的秩序。

然而一年后，我们醒悟了。我们所居住的已不再是孩童的房间，而是成人的。在这里，只能开到一半的门必须马上修缮。我们的交往正如同这样一扇总是开到一定程度就再也打不开的房门，必须立刻修理。不仅如此，大人不像孩子可以忍受单调的游戏。我们的几次见面总是如出一辙，犹如纸牌放在一起比较，每张都是一样的大小、一样的厚度。

在这样一种关系中，我小心翼翼地体会着只有我才懂的不道德的喜悦。比起世上通常的不道德，这种不道德更加微妙，更加纯净，就像高纯度的毒品一样。因为我的本质、我的根本就是不道德的，所以，符合道德的行为、男女之间问心无愧的交往、光明正大的步骤、被看作道德高尚的人……这一切深得我心，反而让我体会到了不道德背后的滋味，真正的恶魔的滋味。

我们一起伸出手，支撑着某种东西。那是一种类似气体的物质，你相信它存在它就存在，你相信它不存在它就消失。支撑它看似简单，实际却需要精确的计算。我制造出一个人为的“正常”空间，在每一瞬间支撑起几乎是架空的“爱”，并诱导园子来参加这个危险的操作。看起来，她是在无意中协助了这个阴谋。也可以说，因为不知情，她的协助才有效。可是，到了一定的时候，园子朦胧地感到这种难以名状的危险同时具有根深蒂固的力量，它同世上常见的粗糙的危险迥然不同，有着精确的密度。

夏末的一天，园子从高原避暑胜地回来了，我和她在一家名叫“金鸡”的餐厅相会。一见面，我立即把自己辞去官厅工作的原委告诉了她。

“今后打算怎么办？”

“顺其自然呗。”

“太让人吃惊了。”

她没有再追问。我们之间已经形成了这种模式。

园子的肌肤经过高原阳光的照射，胸口周围耀眼的白皙已经消失了。戒指上的那颗大珍珠也因炎热显得忧郁、暗淡。她嗓音偏高，天生夹杂着哀切和倦怠的音乐旋律，听起来与这个季节很是相配。

我们又继续了一段毫无意义的、徒劳的、原地转圈的、漫不经心的对话。也许是天气炎热的缘故，这种对话有时令人感到异常空洞，仿佛是在听别人对话。这种心情犹如初醒之时不愿从愉快的梦中醒来，为重返梦境而焦躁地努力，结果反倒使美梦消失殆尽了。我发现，令人扫兴的清醒所带来的不安、半梦半醒时空虚的愉悦，都仿佛某种恶性病菌，腐蚀着我们的心。疾病如同串通好了一样，几乎同时走进了我和园子的心。这反而让我们开朗起来。我们彼此用言语追逐着，开起玩笑来。

园子的头发高高梳起，十分优雅，尽管皮肤晒黑了些，但稚气的眉毛、润湿的眼睛、略厚的嘴唇，都一如既往地透着文静温婉。餐厅里的女客从餐桌旁经过时都会被她吸引。服务生端着银盘来来往往，银盘上盛着一个大大的天鹅冰雕，天鹅背上放着冰点心。园子手上的戒指闪闪发光，她轻轻地摆弄着手提包的塑料扣子，发出了响声。

“觉得无聊了？”

“怎么这么说？讨厌！”她的声调充满了不可思议的倦怠，或者说是“娇艳欲滴”的倦怠。她把视线移向窗外夏日的街道，然后慢条斯理地开口道：“有时我自己也想不明白这样和你见面是为了什么，想着想着还是见面了。”

“因为这至少不是无意义的负数吧。也许可以成为无意义的正数呢。”

“我是有夫之妇。即使无意义，也再不可能是正数了啊。”

“你这数学太死板了。”

我意识到园子终于来到了困惑之门。她开始感到半开的门不能置之不理。我和园子目前都既规矩又敏感，这是我们之间最大的共鸣。我也还远没有成熟到可以让一切保持现状，不去改变。

我难以名状的不安不觉间已传染给了园子，而且只有这种不安的心绪才是我们唯一共同拥有的东西。我突然感觉到有什么事将要发生来向我明证这一点。园子又开口了。我心里不想去听她讲什么，但嘴却轻佻地做出了应答。

“你想想，照现在这样下去，结果会怎样？你不觉得我们将会被逼到进退两难的境地吗？”

“我一直尊敬你，对谁我都问心无愧。你我是朋友，凭什么不能见面呢？”

“之前确实如此，你说得没错。我一直当你是个正派的人。不过，将来的事，我就不知道了。我没做过任何亏心事，可不知为什么，总是做噩梦。这种时候，我觉得是神灵在处罚我将来的罪过。”

“将来”这个词这么明确地说出来，让我战栗。

“这样下去，我们迟早会陷入痛苦的。等到痛苦来临岂不为时已晚？我们现在的所作所为，不就是在玩火吗？”

“你觉得玩火都包括什么呢？”

“那可多了。”

“那我们算是玩火吗？我倒觉得像是玩水呢。”

她没有笑。谈话间，她不时嘴唇绷紧，甚至弯成了弓形。

“近来，我开始觉得自己是个可怕的女人。我无法不把自己想成一个精神出轨的坏女人。丈夫以外的男人，连梦中也不该去想的。今年秋天，我决心接受洗礼。”

从园子这番慵懒的半自我陶醉的告白中，我读到了她内心无意识的欲求，她是用女人特有的反向思维模式说出了不该说的话。对此，我没有权利高兴，也没有资格悲伤。说起来，我对她丈夫毫无妒忌之心，所以这种资格也罢权利也罢，我怎么可能去行使、否定或者肯定它呢？我沉默不语。盛夏中望着自己苍白无力的双手，我感到了绝望。

“那么现在呢？”

“现在？”

她垂下了眼帘。

“你现在在想谁呢？”

“……当然是我的丈夫啊。”

“那就没有必要接受洗礼了。”

“有必要……因为我很害怕，我觉得自己还摇摆不定。”

“那么现在呢？”

“现在？”

园子抬起了视线，神情认真地问道，却看不出在问谁。这瞳眸之美，实属罕见。深邃的瞳眸一眨不眨，充满了宿命感，像一股清泉，情感不断地从中流露出来。面对这双美眸，我常常失了语言。我把刚抽的香烟猛地掐灭在远处的烟灰缸里，不料竟把细长的花瓶打翻，水洒了一桌。

服务生来收拾洒了的水。我们看着服务生揩拭被水弄皱了的桌布，心情凄楚。这让我们提前离开了餐厅。夏日的街道嘈杂而浮躁，一对对健康的情侣露着胳膊，昂首挺胸地从我们面前经过。我感到所有的一切都在羞辱我，就像夏日猛烈的阳光灼烤着我。

再过半个钟头，就到我们分手的时间了。很难准确地说这痛苦是来自分别的。一种会被误解为热情的、阴暗的神经性焦躁，使我恨不得用油画颜料般浓重的涂料，把这半个钟头全都涂满。舞场里的扩音器播放着走了调的伦巴舞曲，传到了街上。我在舞场前停住了脚步，昔日读过的诗句忽然浮现在脑海。

……但是，尽管如此，那仍是

永无止境的舞

其余的都忘却了，应该是安德烈·萨尔蒙的诗句。园子点了点头，跟随我进入陌生的舞场，去跳这最后半个钟头的舞。

舞场里嘈杂拥挤，都是些常客，他们擅自把午休延长了一两个小时跑来跳舞。热气迎面扑来，通风设备本来就不完善，再加上为挡光而拉上的厚重窗帘，舞场内弥漫着令人窒息的暑热，灯光下雾一般的尘埃混浊地飘动着。满场散发着一阵阵汗臭、廉价香水和廉价润发油的混合气味，跳舞的人们却毫不在意，舞场的档次不言而喻。我后悔把园子带到这种地方来了。

事已至此，也无法离开，只好勉强挤入跳舞的人群。零零星星的几个风扇也吹不出像样的风来。舞女和穿着夏威夷衬衫的年轻人把汗涔涔的额头贴在一起跳着舞。舞女鼻翼乌黑，脸上的白粉和汗珠合在一起，一粒一粒的，像是长了小疙瘩。湿透的裙背比此前的桌布还肮脏。我们才跳了一会儿，汗水就顺着胸口流下来。园子有些痛苦般的短促喘了几口气。

为了呼吸室外的空气，我们穿过饰有不合季节的假花的拱门，走到中庭，坐在一张简陋的椅子上歇息。这里空气倒是流通，但水泥地面反射的阳光把一股股猛烈的热气直投到阴凉处的椅子上。可口可乐的甜味令口中黏腻。一切都使我感到侮辱的痛苦，我觉得这同样也使园子默默无言。时间在沉默中推移，让我无法忍受，只好把目光移向了四周。

一个胖姑娘用手帕扇着胸脯，懒洋洋地靠在墙上。爵士乐队演奏着快步舞曲，像是要压倒一切。中庭里，盆栽的枞树斜斜地立在干裂的泥土上。遮阳篷下的椅子已经坐满了人，向阳的椅子上倒是没什么人坐。

唯有一伙人占据了向阳的椅子，旁若无人地谈笑着。那是两个姑娘和两个小伙子。其中一个姑娘以生涩的手势装模作样地把香烟叼在嘴边，每抽一口就轻微地闷声咳嗽。她们两人都穿着由简易和服改裁的连衣裙，甚是古怪，露出的胳膊晒得通红，看上去像是渔夫的女儿，满是虫蚊叮咬的痕迹。小伙子们开着下流的玩笑，她们每每装腔作势地相觑而笑。夏日强烈的阳光照在头发上，她们毫不在意。其中一个小伙子脸色略苍白，一副阴险的样子，身穿夏威夷衬衫，胳膊很粗壮。他的嘴边不时浮现出若有若无的粗鄙的笑容，旋即消失。他不时用指尖捅捅姑娘的胸脯，让姑娘发笑。

我的视线被另一个小伙子牢牢吸引住了。他看上去二十二三岁，举止粗野，但五官端正，肌肤浅黑。他半裸着身子，正将被汗水浸湿、已经发灰的白布腹带重新围在腰上。他一边跟大家谈笑着，一边似乎有意地慢吞吞地围着腹带。裸露的胸脯，结实而发达的肌肉呈块状隆起，立体的肌肉深沟从胸膛中央向下延伸至腹部。腹部两侧横亘的肌肉一块连着一块，呈纽带状，就像粗大的绳结，一路收窄下去。光滑而充满热量的躯体被微脏的白色腹带紧紧地缠住。半裸的肩膀晒得黝黑，像涂了油一样耀眼。腋窝中露出的卷曲的黑色丛毛，在阳光照射下发出金色的光。

看到此景，尤其是看到他结实的胳膊上的牡丹刺青，我被情欲击中了。我热烈的目光锁在他那粗鄙野蛮却又美丽无比的肉体上。他在阳光下笑着。他抬起头时，我看到了他隆起的粗大喉结。我的心中升起一阵莫名的悸动。我已无法把视线从他身上移开。

我忘却了园子，只幻想着一件事，那就是他半裸着身子走向盛夏的街头，与流氓斗殴。锐利的匕首穿过腹带，刺进他的身躯。热血喷涌，染红了微脏的腹带，美丽异常。他浑身是血的尸首横躺在门板上，再次被抬回这里……

“只剩下五分钟了。”

园子高昂而哀切的声音钻进了我的耳朵里。我有些不可思议地转头看向园子。

这一瞬间，我心中有某种东西被残酷地撕成了两半，就像落雷劈树。一直以来，我殚精竭虑营造起来的建筑瞬间崩溃，那声音听起来让人心痛。我仿佛看到我的存在被某种可怕的“不存在”所取代的一刹那。我闭上眼睛，抓救命稻草似的一把抱住了冷冰冰的义务观念。

“只剩下五分钟了吗？带你来这种地方，真对不起。你生气了吧？不该让你看到这帮鄙俗家伙的下流模样啊。听说这舞场没人护场，所以无论怎样拒绝，这帮人还是来白跳舞啊。”

然而，实际上看到这种情景的，只有我一个人。园子并没有看到。因为她受的教育是：不看不该看的东西。她顶多只是似看非看地望见一群人的背影，那群人在汗流浃背地看着别人跳舞。

尽管如此，舞场的气氛不知不觉也在园子的心灵上引起了某种化学变化，稍后，她嘴角向上翘了翘，有些拘谨，似乎是想要说些什么，于是先用微笑探探路。

“我想问你一个可笑的问题。你已经那个了吧？你当然已经有那个的经验了吧。”

我已筋疲力尽，但内心的发条依然绷紧着，让我瞬间给出了看似合理的回答。

“唔，有过了，很遗憾。”

“什么时候？”

“去年春天。”

“哪位闺秀？”

面对这个优雅的提问，我愕然了。她只知道把我和她认识的女子连在一起考虑。

“不能说出名字来。”

“是谁呢？”

“别问啦。”

弦外之音如此哀切露骨，园子也听出来了吧。她沉默了，像是突然吃了一惊。我竭尽全力不让她发觉我的脸色在变白。分手的时刻还没来，时间被庸俗的布鲁斯仔细揉捏着。在扩音器传来的感伤歌声中，我们一动不动。

我和园子几乎同时看了手表。

时间到了。我起身时再一次偷偷朝向阳的椅子那边望去。那伙人应该是去跳舞了，毒辣辣的日光下椅子空荡荡的，有饮料洒在桌面上，反射出骇人的耀眼光芒。

一九四九年四月二十七日

图书在版编目（CIP）数据

假面的告白／（日）三岛由纪夫著；孙容成，戴焕译. －－北京：北京十月文艺出版社，2020.5

ISBN 978－7－5302－2013－9

Ⅰ．①假… Ⅱ．①三… ②孙… ③戴… Ⅲ．①长篇小说－日本－现代 Ⅳ．①I313.45

中国版本图书馆 CIP 数据核字（2019）第 289206 号

假面的告白
JIAMIAN DE GAOBAI
［日］三岛由纪夫 著
孙容成　戴焕 译

出　版　北 京 出 版 集 团
　　　　北京十月文艺出版社
地　址　北京北三环中路 6 号
邮　编　100120
网　址　www.bph.com.cn
发　行　新经典发行有限公司
　　　　电话（010）68423599
经　销　新华书店
印　刷　北京天宇万达印刷有限公司
版　次　2020 年 5 月第 1 版
　　　　2021 年 12 月第 5 次印刷
开　本　850 毫米 ×1168 毫米　1/32
印　张　7
字　数　115 千字
书　号　ISBN 978－7－5302－2013－9
定　价　49.50 元
质量监督电话　010－58572393
如有印装质量问题，由本社负责调换。